遇见一川

YUJIAN YICHUAN

董心一 ◎ 著

知识产权出版社
全国百佳图书出版单位

图书在版编目（CIP）数据

遇见一川 / 董心一著. — 北京：知识产权出版社，2017.3
ISBN 978-7-5130-4781-4

Ⅰ.①遇… Ⅱ.①董… Ⅲ.①长篇小说－中国－当代 Ⅳ.①I247.5

中国版本图书馆CIP数据核字（2017）第039318号

责任编辑：卢媛媛

遇见一川
YUJIAN YICHUAN

董心一 著

出版发行	知识产权出版社 有限责任公司	网 址	http：// www. ipph. cn
电 话	010－82004826		http：//www. laichushu. com
社 址	北京市海淀区西外太平庄55号	邮 编	100081
责编电话	010－82000860转8597	责编邮箱	31964590@qq.com
发行电话	010－82000860转8101／8029	发行传真	010－82000893／82003279
印 刷	北京中献拓方科技发展有限公司	经 销	各大网上书店、新华书店及相关专业书店
开 本	880mm×1230mm 1/32	印 张	7.5
版 次	2017年3月第1版	印 次	2017年3月第1次印刷
字 数	200千字	定 价	35.00元

ISBN 978－7－5130－4781－4

【自序】

也许，我们遇到所有的人，最终都是为了遇到自己。

我相信黑暗给我们的除了死亡还有重生的力量。是什么给予我们在黑暗里前行去寻找的勇气？是爱？是时间？

我在思考良久后提笔开始写这样一个寻找自己的故事。自序不知道该怎么来写，只说说这个故事的构思、故事的人物。

在《遇见一川》中，我力求用文字来构造一个高维度的空间，脱离时间因果之外洞悉人生际遇。

什么是维度？我理解的维度，是可以衡量的一系列参数，是事物"有联系"的抽象概念的数量表达：点与点之间出现了线，线形成了一维空间，在此只能前进或者后退。线与线形成了平面，一维的叠加就是二维，在此能前后左右。平面与平面的各种交错就形成了空间，二维的叠加形成三维，在此能前后左右上下。以此类推，三维叠加在一起再加上时间这条纬度，我们就是在四维空间里。就像一个透明的正方体，我们慢慢转动它，发现在一定角度上你看到的完全相等的线段变成近高远低，有的面变成了棱形。好吧，这个比喻也许比较好理解：我就是用文字在绘制一个不停转动的正方体，不同的面在不同的角度呈现不等和交叠的形式。当我们越过这个维度，在新的交错空间里让时间折叠，意味着我的文字将会用一种新的视角来俯视生命。

故事用了两条线索。一是以空间轴为主线索：是一段我从重庆到色达的980公里的旅途，没有时间的约束，我用梦境和现实的交替来引出主线之外的若干个故事。二是时间轴：文章隐含了一个参照物——一辆车牌号码为"川V"的面包车，在故事里出现3次。在启程的时候它第一次出现，在塌方的时候它隐约出现在一川眼前，在故事结尾它再一次出现。它的出现分割了前世与今生、现实或者是梦境，让故事扑朔悬疑，也让时间消失在与空间环环相扣的故事里。

故事从两场半的死亡开始写，从黑暗开始讲起我们的故事，一切开始于黑暗，结束于黑暗。勇往直前的信念让一川一直在层层叠叠的别人的故事里寻找自己，实现那句话："让你最终获得拯救的是爱，是去爱。"

故事记录了5个人物：一川、今朝、夏河、时间尽头的魔法师、藏族老阿妈。

今朝是一川的父亲，他与新中国同一年诞生，怀揣着在这个新社会要实现"数风流人物还看今朝"的欲望。他体现着对名的欲望，为实现自己成为"风流人物"的名，不惜编造骗局，不惜牺牲所有的人，包括自己的女儿。

夏河，"80后"，一个很美的女人，一个藏族人和汉人的遗腹子。她是一川唯一的朋友，也是一川在年幼时期内心爱恋的对象。她对爱的理解是：制造快乐和交换快乐。最后什么都换不到了，她就沉溺于自己制造的性的快乐，沉溺在自己的欲望里面。

时间尽头的魔法师，一个"70后"男人，一个金融奇才，经营股票、期货。他是这个故事里最重要的一个人物，他的最终出现，让一川顿悟了什么是爱，也让他们这一段4次见面、4次未能认出对方的故事深刻凄婉。真实触手可及，但我们活在一个虚拟的状态里，彼此对可以拥抱可以呼吸的美好视而不见，因内心被欲望填满。

你是否也因为追寻心里的欲望，对身边默默为你存在的人无视呢？悲哀在于此，意义也在于此，每个人觉悟的路都是要自己去修，没有讲义也没有范本。最终魔法师一个人带着他的困惑和祈祷开着车进了色达的隧道，消失在一川的视线里。

他对利的追逐，对数字虚幻世界的无限依恋，对真实的漠视，陷入无休止的轮回波浪中，带着疲倦的躯体被这个商业社会、数字时代吸干。

一川，本书的主人公。她秉持自己的初心，在看似一环连一环的别人的故事里穿插，在不断提问，要找到自己。经历了人生不断的轮回，最终她找到自己，寻获"爱"。看似一无所有，却获取孑然完整的平静，在那片广袤的湛蓝天空下，她每天都像一条全新的河流，平和圆满。

藏族老阿妈，一个与一川相对的角色。她救了一川，用简单的方法救了一川的濒临破碎的世界，让一川顿悟。最后她离开了，给一川留下了守路人的帐篷和那狗、那牛、那片天地。可以说她其实就是一川自己，那是顿悟后的一川和迷途中的一川的相遇。

说了这么多，拖沓至极。关于故事的结局和时间如何交叠暂且卖个关子，等您看文章的时候自己去找答案吧。

希望您看的是故事，想起的是您与一川相通的人生际遇。

让我们心怀爱，等待和自己的相遇，走过黑暗
迎接重生！

需要关灯吗？

当你习惯了黑暗。

需要天明吗？

当你厌倦了欲望。

当你放弃了思绪的光，

当你遇到了一切，

需要哭泣吗？

当你真实得像一个疯子，

当你放手让爱充满离开的自由，

当你不再是自己的王，你也不再是自己的奴隶，

当你遇见了自己，

笑吧！

你什么都不需要。

此刻你纯粹的就像你自己！

谨以此书纪念我的父亲。

这是奇妙的旅程，整个行程似乎没有起点，际遇环环相扣地出现，因到果，时间的尺度让一切通过记忆形成经历。

你一个人在熙熙攘攘中寻找终点，带着感受的合集开始物色，但任何所能感知到的都仅仅是欲望，你不断在得与失中挣扎，在痛苦中寻找，你的血液里饱含着即使失去希望，也要勇往直前的勇气。

你遇到的每一个故事、每一个人、每一段关系、每一个记忆，它们像一块块拼图，拼出你的样子。经历每一种关系，不过是体验爱不同形式的轮回。

当走到时间的尽头，才发现能与自己相遇的路只能是爱。

爱，让一切终结于此，一切开始于此。

它是起点亦是终点。

【目录】

【目录】

启程都是在黑夜里，我的每次出发都选择在凌晨的寒意中，不论是徒步、驾车还是搭乘飞机。因为我喜欢那种擦过鬼魂的鼻尖，踏着弥漫的雾气，听着小提琴纠结的声音，看着我最为恐惧的黑夜，走在路上的感觉。

然后魔鬼般的黑夜会幻化成最美丽的夜色。这是另一种颜色，一种包含所有色彩但又化整为零的黑，一种绚烂起源的母体，一种光明的最后归宿。

这是我最迷恋的色彩，看不见的色彩。看不见是因为你眼里没有光，这是用心感受的黑，所以这是唯一一种摄影家和画家永远也不可能临摹的色彩。那种美会为我驱赶恐惧。我沉迷于这种恐惧向希望过渡的快感。

12点20分，闹钟还没有响起来，我突然就醒了过来，耳边响起夏河陷入昏迷前最后对我说的那句话："一川，今晚老关有个局，我作陪，可能要忙到很晚。我把手机里所有的提醒和闹钟都关掉，我想睡到自然醒。"

------ Y u j i a n ------ Y i c h u a n ------

昨天下午在医院 ICU 病房外面，我按门铃，一个小窗户露出一双冷漠的眼睛，我把病历举着给他看病人的名字和床号。那眼睛扫了一眼，滑门打开了，这是一个连接病房的接待室，病房还有一道门。接待室里有一张桌子，一个男医生，微胖，秃头。还有一个穿着灰褐色外套、胶鞋的老人坐在一旁。

那医生看都没看我，冷冷地说："你是9床的家属？通知你来是想告诉你，9床的病人夏河从医学意义上来说已经脑死亡，已经失去抢救的意义了。要不你就签字，自愿放弃抢救，然后你把她带回去。对了，你和她是什么关系？是直系亲属吗？"

我预感到会有这样的对白，但我还没想出怎么应对，我心里只想看看她。我没哭，问："夏河，她死了吗？"

医生推了推眼镜框，说："应该说她已经临床死亡。"

我一字一顿地说："我要进去看看她。我是她唯一的亲人。"

医生低头在写着什么，头也不抬地说："下午3点才是探视时间。"

我坚持，"我必须现在去看看她的状况，再决定是不是要带她走。"

医生停下了书写，抬起头看着我，愣了愣，像是在评估我的决心般，"哦，那你去吧，叫护士给你打开9床的柜子，里面有无菌消毒的衣服，你换了去看看她吧。"

　　我换了衣服和鞋，戴上口罩。护士给我打开了通往病房的那扇门。我又一次进入这个生死交会的地方。这地方仿佛是死亡的过渡区，游离的魂魄在这里或者难过啼哭或者释怀大笑。也许我的鼻尖上就停留着另外一个世界的物质，只是我无法看见、听见，无法走入他们二维或者五维的区间。但我明明能感知到他们的存在，我只想对他们吼："放开我的夏河！"

　　病床一张张地挨着，彼此间有大约半米的间距，有一个帘子拉起来和周边的床隔离。看见9床了。她这次是真的睡了，什么都不知道地睡了过去，仪器上显示心跳32，是心跳起搏之后，呼吸机器带着的生命体征。她孤零零地躺在ICU里面，身体上插满了各种管子。

　　她的脸白得透明，和床的颜色一样。长长的睫毛好像还在颤动，嘴唇青紫，眉头紧锁，眉间有些焦虑的抬头纹。护士翻开她的眼皮，拿电筒对着她的眼睛照了照，瞳孔已经和黑眼仁一样大，护士说："对光反射完全消失。"这一句话我在不久前刚刚听另一个护士说过，一样的语气，一样的手势。我想如果是电影字幕的话，那么连标点符号也会一模一样。

　　护士拉开被子，夏河几乎全裸地躺在被子里，胸口衣服敞开，贴着监护仪器。护士对我说："胸口的印子是起搏器击打的痕迹。"雪白的胸口，两块紫色的淤青，完美结实的乳房在那里突兀地矗立着。粉红色的乳晕，在这片惨白之地像雪莲花般耀眼。脖子上有些铜钱大小的淤青，护士说："这些淤青病人来之前就有的，看起来像是皮肤病。"护士用一种鄙夷的语气说。

我看着这具玉石般透着寒气的身体，脑子里突然冒出一句诗："小怜玉体横陈夜，已报周师入晋阳。"当年的冯小怜，荒诞的北齐后主为了显耀她的绝世美色，命她全身赤裸地躺在大殿之上，让大臣们排队一饱眼福，沉浸在荒唐的欢声淫欲中，甚至不顾敌人要侵入晋阳的战事。美，是可怕的，如果面对美的人愚蠢还心怀欲望。

夏河，你躺在这里，你知道我的天一点点地都塌了吗？你起来呀，你不是要陪我去法院吗？这身体仿佛不是夏河，而是一具蜡像。我的夏河不在这里。我触摸这具身体，感到冰冷僵直。她是死了吗？她也离开了吗？我控制不住地抱住她，把我的脸贴在她的脸上，我的滚烫的泪水不住地流下来。

我恳请护士："您能给我10分钟吗？让我和她待10分钟。"

护士看看我，叹口气，"不知道这还有什么好待的？好吧，好吧。不过你把手机给我，这里不能拍照，尽量快点。"

我把手机给了护士。

护士不耐烦地退出了这个不足5平方米的地方，把帘子拉上了。

我脱下我的鞋，爬上夏河的病床。我掀开被子，和她并肩躺下来。我轻轻地靠着她的头，我伸手拉住她的手。她的手冰凉僵硬。我对她说："夏河，你还记得吗？你第一次喊我'老川'就是在病床上，那时你和我都只有7岁，我们就这样一夜躺着看着我的输液瓶，数落下来的点滴数？"

我侧身看她，轻轻地用嘴亲吻她冰冷的额头，她紧蹙的眉毛慢慢地松开了。"夏河，不要害怕，我来了。你说你是从香格里拉被偷出来的格桑花，现在好了，一切都干净了，我带你回家。不怕，我来了。"

病房里除了仪器的哒哒声，我似乎可以听见她的灵魂离开的声音。

嘟——

监控仪发出连续性的鸣叫，像一条水平的禁戒线一直划过来。一切生命喧嚣和挣扎戛然而止。

护士哗哗地拉开布帘，看仪器的数据。护士扭头对我说："她没有生命指征了。"她叫来了医生，两个人把最后的常规交接做完了，她默默收拾了所有绑在她身上的各种仪器，退出去，轻声说："你还好吧？你快点起来办手续吧，死亡证明医生已经给你开好了。你自己打电话叫殡仪馆的人来把她运走，我们也不转送太平间了，这样你还要多花钱。下午3点是探视时间，还有半个小时，等会儿会有很多家属进来，你抓紧把她运走，免得其他人看见不好。"

我说："好的，谢谢。"她，真的，走了。我的泪水默默顺着脸往下流着。

死了就会被人驱赶的世界，这样对待活着的人已经算是客气了吧？我除了卑微地赶快把你带走，还能做什么？我屏住呼吸，把眼泪憋回去。我躺在病床上看着天花板，想起在小学某次上课的时候，老师说到一句俗语：天塌下来有比我高的人撑着。我当时就在想：天不会塌了，不过如果天花板塌下来，我就蹲着，这样全部人都会比我高，他们会帮我撑着天花板，我就会毫发无损地活下来。但是此刻我突然发现，我的天花板真的塌了，全部垮塌下来，我真的按照原计划蹲下了，不幸的是，除了我以外其他所有的人都趴着，于是我就最高，于是我就被重重地砸到晕眩。我好傻。我一下子为自己的想法搞得大笑起来，在这 ICU 里不和谐地大笑。

我流着泪笑着问："为什么天花板会砸到我的身上，无论我蹲着还是趴下？"

我站起身，掀开被子，把夏河身上仅有的被剪开的衣服褪了下来。她完美的身体出现在这里，雪白的皮肤透着寒气，没有体毛的身体一如少女。

夏河，我会把你送回去。

我按照藏族古老的方式，把她整个身体像婴儿一样蜷起来。还好她的身体现在不太僵硬。我没有哈达，就把长长的白色亚麻围巾取下来，把她的蜷起来的身体固定住，像个在胚胎里的婴儿一般。然后脱下我湛蓝色的短风衣把她包裹起来。

夏河，我们回去了。我会把你打扮得干干净净的。乖，不怕。我边给她穿衣服，边喃喃自语着。眼泪悄悄地流着。

基本打理妥当了，我走回那个接待室。男医生还坐在那里，那个老年的男人在他旁边掩面叹气，桌子上放着好多钱，有 3 沓 100 元的，还有一把把 10 元、10 元、5 元面值的纸币。

老人说："医生，到底他还有没有救嘛？这一天就是 8000 多元……这儿子 20 多年没回家了，生下来就是一个瞎子，什么农活都做不了，16 岁不到就自己跑出来了，听人说一直在路边给人算命，透露太多天机了……报应呀报应呀。一个家都要靠我。20年没见面，断断续续每年写信回来，也打打电话，就是不回家，说怕连累家人。现在一个电话叫我来，他就这样了，还说不连累家人！我卖了房子，能借的都去借了，没得钱了。我不晓得还能让他活多久？欠你们医院的钱，我在凑，我回去卖地，让他多活一天算一天吧。毕竟是自己身上掉下来的肉呀。"

老人脱了外套，卷起袖子，手臂上有很深的旧伤口。他给医生看："我老了还在外面打工，10年前被脚手架砸的，筋断了，使不上劲了。我老了，就这么一个儿子，还指望他给我养老，现在全完了。"老人泣不成声。

听见"脚手架"三个字，我的心紧紧地抽搐了一下，好像今朝在我耳边说："脚手架断裂是人祸，我们就是要做最安全的脚手架连接件。民工的生命也是命！"

医生拍拍老头的肩膀，"老人家，你欠的6万多元，我们怎么减免也要5万呀，我们这个部门也没有权力给你免了。我这两天也跟领导反映了，领导说你打个欠条，有钱了慢慢还吧，我们也没别的办法。你没钱给他上抢救仪器了，你就自己接回去吧，他这个病，不是一点钱能治好的。你接回去，拖一天是一天吧。"

我看出医生面对生离死别的疲惫和麻木。我在一旁对医生说："医生，我来拿9床的死亡证明。"

他翻开一个类似发票夹的票据本，把基本信息都写好了，盖上医院的专用章，撕下来两联给我。他对我说："一联交给殡仪馆，一联交给户籍警官下户口。病历，等两天后去病历室复印。

医药费结到了昨天，今天的费用还没有出来，你过两天来结账和退押金吧。"

我看看那个在一旁哭泣的老人，问医生："医生，9床的押金大概还剩多少？"

医生说："你看看你昨天的账单吧，那上面有截止到昨天的费用，你自己算算。"

我计算了一下，补交过一次押金，大概还剩12万的样子。我对医生说："医生，我算了一下，还有大约12万。我全部转给这个老人的儿子吧，给他救命。"

老人一下站结来，结结巴巴地说："你，你说，你说什么？"

我看着老人，"大爷，我的妹妹死了，她没用完的医药费我全部转给你儿子。这钱帮不了夏河，但愿能帮你儿子。"

老人一下在我面前跪了下来，一句话反反复复地说："好人呀，好人呀，你有好报的！大恩人呀！你姓什么呀？……我老殷家记住你的恩呀！"

老殷家？姓殷的瞎子？我心里咯噔一下，不敢去想，多年前那个对我说"我们注定遇见，是命中相欠"的人。我拉起老人，说："大爷，不要谢我。你老人家注意身体。我能帮的也不多，也许是注定再遇见。"

老人木讷地看着我，有些回不过神。

医生站起来，拍拍我，说："好心人呀，但哪里帮得完？唉。"

门铃响起来。护士去那个小窗户看了看，马上打开了门。一个小伙子抱着一个蛋糕盒子走进来。

他说："写的罗主任收。哪个是罗主任？"

小护士殷勤地接过来，说："我帮罗主任签收，谢谢你了！"

秃头的男医生抬起头，露出重返人间般的笑容，对护士说："哪个定的？我生日怎么把蛋糕送到科室里来了？"

小护士说："我们大家给你定的，等会儿下班一起给你庆祝哈！"

秃头男医生咳了一声，"你们这群小女生，真是调皮。"

这不到 5 平方米的房间，是我见过最戏剧化的地方，有拿着死亡证明的我，无力医治儿子的哭泣老人，突然意外获得帮助的病患，过生日的医生，面带笑容的护士，被判死刑的人，也许还有成功救活转到普通病房的劫后余生的人……如果这一切转化为一段音乐，主旋律下的和音该多么微妙才能表现这种复杂的感情。

我想起若干年前，那个瞎子对我说的话："一切都会被放弃的，此刻放弃或许是明智的。"是的，夏河，此刻你放弃了生，或许也是安排好的，不该执着。

我办好转账手续，别过千恩万谢的老人，拿到证明，回到夏河身边。我费力地把她抱起来，移到护士准备好的简易担架床上。我推着担架床走到一个专门运送死者的通道电梯，按了"−1"的按钮。电梯门徐徐关上，我拍拍在风衣里蜷起来的夏河："夏河，我们回去了。"

我来到地下停车场，打开后备箱的门。还好留下了这辆奔驰的 G500 越野车，车是深圳的车牌，在这个城市，外地车过户抵押或者转手都很困难。是呀，这是我目前唯一的东西。车后备箱够大。我把后排的座椅全部放倒，用医院给的遮盖尸体的黄色塑胶口袋把夏河的整个身体套起来，费力地把她放进去。我翻转她，抱她，推她，那冰冷的感觉隔着我的蓝色风衣，刺骨的寒意透到我的身体里。我好不容易把她放到袋子里，想把袋子妥妥地放到后座上。我抱起袋子往车上挪动，手一软，袋子"咚"的一下滑落在地上。我看着这个黄色袋子。我的胃部突然翻滚得难忍，我双手颤抖地扶着车门，呕吐不止。最后我扶着车门慢慢地滑下来，蹲在地上，抱头痛哭。

谁来帮帮我？

我吐完了，哭完了，半晌，车库里黑洞洞的，偶尔有经过的车，大都漠然地按按喇叭，迅速地经过我的车。

我挣扎着站起来，把夏河上半身抱起来放到车后座，再用尽全身力气，拖着她下半身慢慢地挪到后备箱里。她就那么斜斜地靠在后车厢，如同黄色的一个货物般。我一点力气都没有了。我关上后备箱的门，背靠着车，沉重地呼吸。

"夏河，我该怎么办呀？你也离开我了，你说话呀？你怎么就这么一个人走了？我们不是秤不离砣的吗？"我在这见鬼的停车场大声地吼。

突然，我斜后方停着的一辆车的大灯打开了，闪了一下，两下，三下。我的眼睛被闪花了，我护着眼睛，看着那车。车上没有人。

我大喊："谁？"

车的大灯突然又亮了，闪了一下，两下，三下。

我慢慢地走过去，看了看那车。是一辆面包车，长安车，车牌：川 V 66228。车上没有人。

是谁？是那些找我要债的人吗？是高利贷团伙的光头吗？

川 V？什么地方的车？

我突然觉得万分惶恐。我快步走上车，点火，锁上车门，发动车，说："夏河，我们得快点走了。回去再想吧。"

我把车徐徐驶出停车场，对车库的收费口按下喇叭。收费的大爷走过来，不耐烦地说："来了。"

我一边给钱一边问："下面有个川 V 的车，不晓得是四川哪个地方的车，大灯没关，灯在闪。"

老头边撕票边说："今天早上来的，甘孜州什么色达的人，说是修路塌方，砸到人了，还是个逃犯。公安局转送到这里开死亡鉴定。我等会儿去看看，如果一直开着，电瓶就没电了。"

我仓皇地把车往江边的家里开，边开边不时看看后视镜，看看有没有车尾随我走到这条回家的僻静小路。每次我回来都会绕到这条左转道上来兜一圈，因为这里左转的车很少，比较容易发现是否有车跟踪我。如果发现可疑的车，我会转两圈，如果他还在后面，我会慢慢靠边停下来。如果这时候他也靠边停下来，那我会马上电话报警。这是夏河教我的方式，她说："被跟踪，这是最稳妥的处理方式，保持平静，慢慢试探，不要慌，慌了乱自己阵脚。"

是的，我不要慌，慢慢开。前面就是我的家了，噢，这里也许不再是我的家，今年 3 月我已经把这里抵押给了贷款公司。停好车，我无力地从车上走下来，靠在那扇气派的白色对开大门上，摸摸索索地用我仅有的力气掏出钥匙。

门打开了，夹在门缝里的纸条掉下来，我捡起来看，上面写着："你爸电话一直关机，你不接电话，你他妈给我记得这月底27号，必须还钱，除非你死了！记住我的那笔200万一分不能少，父债子还！账号在李会计那里！王昌吉。"

我把纸条揉碎，往天上一抛。去你的王昌吉，我都不认识的人！在这短短几个月的时间里，我失去了父亲，我成了负债过亿，被债权人和高利贷团伙、银行卡着脖子的人，天天去的地方就是公安局、看守所、医院、坟场。但在今天以前是两个人去，今天以后这些地方只有我一个人去了。

因为，今天我又失去了夏河。

我还有什么？

我木然地在地毯上坐了下来。我大脑空白，我需要思考。我该干什么？我是在黑夜里了，到最黑暗的时候了，该天亮了，是到了临界点了。对的，对的！一定是的！

等等，等等，该是反弹的时候了，全部的天花板都砸下来了，我该能够跳起来了。

我拿出电话，找到仔哥的号，"仔哥，我是一川。在公司吗？我的东西准备好了，钱也到位了，我等会儿过来签合同。"

我站起来，准备穿上外套去开车，转过身一下看见进门玄关上我和爸爸在狮子峰下意气风发的一张黑白照片。我拿起相框看。那时候该是冬天了吧，他穿着卡其色的厚夹克，我和他一个站着一个坐着，在山峰的悬崖边上，我站在他身前，手指着远方，像个小男孩一样在腰间别着一把木头小手枪。我的脚下是一个铝制饭盒，我还记得里面有食堂的馒头和鸡蛋。我们身后的白云一层层的，画面的右下角有不知名的野花。那时我只有七八岁的样子吧，爸爸还是英气勃发的中年男子。是呀，是那个衣服上散发着好闻的消毒水味道的，有书卷气的，文雅、干净、清洁，一头卷发的男子。突来的恍惚，让我的手一滑，相框掉在地上，这老相框一下子四分五裂了。我弯下腰捡起照片，看到照片后有一排小字，是爸爸那遒劲有力的字——示川儿：已是悬崖百丈冰，犹有花枝俏。

我抱着照片，觉得爸爸这句话是在 20 多年前写给现在的我的。的确，我已是悬崖百丈冰了！爸爸，爸爸，我该是恨你还是爱你？你让我陷到这个局里，我怎么脱身，我怎么解脱？谁来救我？

叮咚，我的手机响了。

我拿出手机，"时间尽头的魔术师"的微博更新：周五宣布的暂停 IPO 的消息，将点燃股市压抑已久的多头情绪，势必全力上攻。风雨送春归，飞雪迎春到！

我默默地接了下去：已是悬崖百丈冰，犹有花枝俏。同一首诗句，同样的话。这是隐喻，是我可以得救的隐喻。一定是神听见了我的祈祷，给我的隐喻。我该相信我的命运。

我没有迟疑。我拿起车钥匙，转身出了门。我上了车，看看后视镜里黄色的袋子，我说："夏河，你最后陪我去办这件能让一切都好起来的事情。你听战鼓都敲起来了，不能就这样被围剿！你得陪我去。办完这件事，我们就出发，我带你回去。"

坐好了，夏河！我开车了。

我把车开到了仔哥公司楼下，停好车，我拿上我的文件袋，下车。我对黄色的袋子说："夏河，等我好消息。"

900万元，这是我3月初抵押变卖房子的钱，几乎算是所有的现金。我在股市3200点的时候进入，在6月8日，股市到了5000点。那天我接到医院的一个电话："你好，你是一川吗？我这里是医院的重症监护室，我们有一个病人叫夏河。你赶快来医院一趟。"

那夜夏河在老关的饭局，因颈部动脉狭窄，突发性脑缺血昏迷，后来陷入深度昏迷。

医生说："要预交10万的押金，重症监护室一天就是1万多元，这病这么拖着要好多钱呢。唉，看她能不能醒过来吧。"

我拿出夏河的电话，里面有老关的号码。开机密码？我输入：1234，居然打开了。这个笨夏河，每次都用这样简单到爆的密码。她说过："密码就是拿来迷惑自己的东西。"是的，我们很多时候要防范的不是别人，而是我们自己。所以我们会忘记我们那么多的号码、那么多的密码、那么多的卡号。我们被社会关联的就是这些捏造出来的脆弱相关性。这就是我们活着的标志吗？活着就该有号码，就像犯人一般的编号，不过我们的囚牢不在身体外，在心里。

我找到号码，反复打老关电话，一直提示：该用户已关机。那晚到底发生了什么？我不得而知，我只想夏河醒过来。

"时间尽头的魔法师"微博又有更新：让贪婪来得更猛烈些吧！我是贪婪路上的布道者，那就把金钱留给争先恐后的人吧！

股市，此刻变成了满是黄金的大船，人们都在叫嚣着要上船，争先恐后地把全部的钱扔到里面。

我哪里还有心力去应付每天都高高涌起的钱潮？我不是贪婪路上的叛变者，我是游戏的出局者。我为了照顾夏河，此时无暇顾及股票的这场赌博，不得已在第二天全部平仓出来。怎想到股市在6月15日开始了连续性、几乎完全没有反弹的直线下跌，开盘千股跌停的奇景日日出现。仿佛瞬间，那大船沉没了，水很深，不管你水性如何，只要你还在船上，都被深海淹没了。血淋淋的海水里，昨晚还在狂欢的人群，此刻正无助地被鲨鱼分食。

我庆幸我的离开，甚至心灵深处或许在庆幸夏河的突然重病，这让我成功逃顶，不到3个月，我的钱翻了几番，我一共有2120万元。

这还不够，太慢了。事情的变化刺激着我的贪婪。是的，我是侥幸从那艘巨轮上活下来的人，我满眼血红地想要和鲨鱼一起分食那些亡人的财富。我要等风暴平息，我要划小船去捡拾死者的钱。此刻我满脑子都是我要还1.2亿元的债务，满脑子都是我是股市的幸运儿。我还能，我仍能回去赚大把的钱！钱能让我活下去！我等待，我要成功地赚一笔大钱！

我需要更多的本金和更高的杠杆比例，这样我才能快速地获取还债的可能。我通过股票经济人介绍找到了仔哥公司，做场外融资。恒生公司HOMAS系统，我和他们签好协议，按照1∶4配资。周一开盘就能融到8000万，加上本金，就是一共1个亿的资金。这次的快速下跌，从5000点到现在周五收盘的3686点。反弹起来，预计会很快达到我需要的位置。预计，不，是我的神明暗示，明天会是这轮反弹的起点！

有神明吗？预感是什么？预感或许只是自己为自己的随心行动找的借口罢了。我笑笑。

叮咚，手机发出提醒音。

微博更新——"时间尽头的魔术师"：明天出海。我已整装待发。

仔哥，一个务实的潮州佬，微胖，穿着得体的高尔夫T恤。头发剃得很短，胡须刚刮过的样子，下颌上有青色的胡茬，看起来干净清爽，可信。他的公司很气派，800~1000平方米的样子。没几个人，据说都是老乡，多为20~30岁的男子，办事干净利落。前台小姐是当地人，长相端庄美丽，去了几次，发现公司的男人基本上没人和她说话。他们分得很清，同事就是同事，没有玩笑和暧昧。于是这位美女就像一碗烧白放在一群吃素人的席上——摆设。

潮汕人的执行力和可信度极高，他们让我想起最早的日本高管和后来的印度高管。看看微×、谷×什么的被所谓的印度高管搞得七零八落的样子，我觉得下一个高管时代该是潮汕那些村子的人了。

很快就签好了合同，仔哥说："这两天都加班哦，签合同的人好多，都是看好这次反弹吧，说不定是彻彻底底的反转哦。"

我说："仔哥，我明天要出去办事情，可能要一周后才会回来。有事给我打电话。"

仔哥："一川，祝你好运！"

我走出仔哥的公司，看了看门口的前台小姐，对她说："再见，谢谢！"

许久无人搭理的她反应不过来的，迟了一下站起来，恍惚地说："再见！"

我走进电梯，心里默默想：会是个好兆头吧！

离开仔哥的公司，我去超市买了十几个制冷剂盒子、方便面、罐头、矿泉水、药、饼干、口香糖。我把东西收拾妥当，开车回到家。我把制冷剂放到冰箱里，把冰箱里全部的冰块拿出来，放到一个个保鲜袋里，保鲜袋捆好口。现在是7月，天气有点闷热，车我没有熄火，空调一直开着。我担心夏河的身体会加速腐烂。我无能为力地把这些冰袋拿到车上，把黄色的口袋打开，把冰袋尽可能地放到夏河的身体各处。她的脸此刻已经变成蜡色，小腿上开始出现硬币大小的微微发灰的尸斑。我用盆装好水，用柔软的毛巾轻轻地把夏河的身体慢慢擦拭干净，轻轻地把她美好的肉体最后触摸一遍，然后把空调开到最冷。还好房子是独栋的别墅，只有我自己才能进入车库，这样不至于干扰或者惊吓到其他人。我放好了制冷剂，用厚厚的棉被把装夏河的袋子裹起来。这样会让温度低一点吧，会让夏河的身体慢一点腐败。

我对着车说："夏河，安排好了我们就走。再等等。"

我回到家，走到二楼的茶室坐下来。窗外是江水滚滚，我看着暴涨的江水。上游该是下大雨了吧？我隐隐地想起中午在停车场那莫名闪灯的车。我拿出手机，下意识地输入"川V是哪里的车"。网页上出现了若干讯息：车牌代码川V的归属地是四川省甘孜藏族自治州。另外一条小标题吸引了我：川V××××，带我去色达天葬台。

色达，有天葬台。

我脑海里第一浮现的就是：去色达？

看到这搜索出来的文字，耳边好像传来夏河的声音："一川，我是偷来的格桑花，把我带回去。"

为什么灯会亮？是夏河在告诉我，要回到你的香格里拉去？

好，色达在哪里？我带你回去。

我打开手机导航，输入：色达。

距离：980公里。

好的，好的，我们去色达。先不想那么多了，去了总会有办法的。

我身心俱疲，心里想：魔法师，周一和你一起出海！

我闭上眼睛，斜靠在红色的亚麻布沙发上。这个茶室放着楠木的古典茶台配上地中海风格的布艺沙发，房间的两面墙上是6米的落地玻璃大窗，亚麻的白色纱帘，茶台边是3个直径半米的树桩，上面放着上千张的CD和各种书籍。音响在茶台的左面，我拿出德彪西的钢琴曲，放到CD机里。我需要短暂的休息，为了接下来的长途跋涉。

这一天真的好长，如果时间是一条线，每天都是一个刻度，我能无限细分每个刻度的话，从理论上来说就可以获得时间的无限衍生，是吧？

我好累，学着像个大人一样处理问题，我真的好累！我在音乐中缓缓睡着。

12点25分，我再次看看表。才过了5分钟，脑中就回放了仿佛一生那么久的事情，时间和记忆真是矛盾的东西，有时候我都不清楚刻板的时间被感知成或长或短，混乱破碎的记忆却相对清晰地记录我的经历，到底哪个才是我的昨天？

关掉音乐，我来到洗手间，脱光全部的衣服，打开热水。站在花洒下，让热水刺激寒冷的心。我用洗衣服的肥皂用力洗我的身体，觉得那污垢真是好深，让皮肤不得呼吸。那死亡的味道，我要全部洗去。我要在大海里活下来，我一定要活下来！洗完澡，我穿好牛仔裤，白色短袖T恤，蓝色连帽薄卫衣。带上御寒的冲锋衣、围脖，把各样东西放到黑色的背囊里：长裤、长袖T恤、围巾、帽子、墨镜、茶、四川地图、各种药、CD。还有夏河的那条绣了一朵格桑花的丝织手帕，我用一张小方巾把它好好地包裹好了，放进包里。看着窗外下着绵绵的细雨，这种雨水总让我觉得柔情，绵绵长长的。不知道这次出发要去多久，还能不能回到这个家。不知道下一个打开这间房间的人，会是谁？

这是嘉陵江边上的独栋别墅，有三层楼加一个地下室，有全景的落地窗和层高6米的大厅，还有200多平方米的一个小花园。我看着外面绿意盎然的花园。年前，我和夏河在院子里种的黄角树，叶子正在变黄，掉落。夏河告诉过我，黄角树是一种很奇怪的树，它移栽的时间便是它的春天，会在那个时间发芽，它的季节仿佛是由自己做主，它活在自己的世界里，与任何人无关。黄叶在这夏季里仿佛显得很唐突，一如我在这繁华中显得不和谐一般。

　　我把家里的窗户和门都一一关好，拉上白色亚麻细纱窗帘。我在茶龛边坐下来，往香炉里点了一支草木香，那独特的带着高原清冽气息的味道，肆无忌惮地在我鼻腔里冲撞。希望有朝一日打开这间房门的时候，我或者另外的人能被这温馨的味道迎接。

　　拿好车钥匙，我关了房间里所有的灯，默默地关上了房门，到车库，坐到车上。偌大的车上显得空荡荡的，我把车灯打开，播放着我最爱的帕格尼尼，挂到D挡，慢慢地开出了这空无一人的宅子。

　　启程了，夏河！

第二章
下穿隧道

我很快驶出了小区。越过嘉陵江，时间尚早，路上几乎没有车。每次开车往这个方向走的时候，都会经过一个高架桥的下穿隧道。我从来没想过它会和我有任何的关系。我总是按照指示牌减速到 50 公里，慢慢地滑出这个大概 1000 米的隧道。车头穿出来的时候，我看到左上方那个醒目的 LED 红色十字架，一个似曾相识的长长下坡。灯火通明或者白天人潮汹涌的时候，我从来没如此清晰地看过这个地方，此刻它像从河底一下子浮上来的一张清晰的脸。

对呀，这个地方就是我爸爸最后待的那家医院，这个下坡就是我那天一个人送我爸爸去殡仪馆走过的那个下坡。不过当时我无暇注意到这里就是我常路过的下穿通道的连接处。

一下子，车的自动大灯在驶出隧道的时候自动打开了，仿佛一种仪式一般，车穿过了这个隧道。生死的阻隔就是如此吧？我仿佛在波浪里飘着，无力地被抛起来或者沉下去。

音乐响起："还记得来时路上，你温暖的手牵着我，像孩子一样……"

四周很黑，好像还有淡淡的雾气。车灯把前方几米的地方照得很亮。很闷，我把车内的空气调整成外循环，把天窗打开了一条缝。让自由的风进来，缓解一下我的窒息感。我觉得死亡的气息一直就在我的血液里，这是爸爸带给我的气息。

------ Yujian ------ Yichuan ------

梦里我常走回那个空间：一个空荡荡的走廊，地下铺的是水磨石，墙壁从齐人高的地方往下被刷上了绿色油漆。屋顶很高，我觉得像天一样高。18岁的我靠着墙看着天花板。我站在病房外面。记忆里走廊上一个人也没有。我也没有哭。病房里躺着我的爸爸，医生在对我说："如果他这样3天都还没有反应，也没有醒过来，那可能就一直醒不过来了。你在这里看着，看见他脖子上呼吸管上的纱布了吗？一会儿如果纱布变黑了，你就在这个铝制的盒子里拿一张给他换上。"

我进去，坐在病床的旁边。爸爸躺在床上，脖子中间被切开一个洞，氧气管子直接插到里面，皮肤和管子之间的缝隙里不断有黑褐色的液体冒出来。医生说，这是因为他常年吸烟，肺和气管里有污垢。我不断地用消毒了的纱布给他擦拭流出来的液体。记忆里那是一间单人病房，除了他和我没有其他人。我就这样不断地给他擦，不断地换纱布。有一只苍蝇嗡嗡地围着他飞，我用输液记录板当作扇子，一只手扇着，另一只手给他擦。

爸爸是自杀，吃了不知道多少安眠药，发现的时候已经没有呼吸了。这家医院是爸爸工作过的地方，爸爸曾经很优秀，是"麻醉科第一人"。

我记得那是妈妈和爸爸离婚当天发生的。妈妈坚定地离开了，然后爸爸自杀了。我一个人在这里守着他，快两天了。记忆里除了苍蝇和我，没有其人来看爸爸。他是重度抑郁症，在那个年代，这个病几乎不算病，没人重视精神上的问题。

我在他昏迷的第二天，担心他是不是第三天也不会醒来？我如此害怕这一天的结束。我坐在病房走廊的木凳子上抱着头哭泣，我不知道该怎么办。等待？就这样毫无反抗地等待医生宣布死亡？

在我旁边坐着两个大妈，看我哭得厉害，一个大妈拍拍我的肩膀，问我："姑娘，你怎么了？"

我说："我不知道我爸能不能活过来。"我哭泣着向陌生人诉说。

她问了我半天，拉着我的手说："你爸爸是自杀，要活过来就看阎王收不收，毕竟他还没到日子。你要去找人给他招魂。你还别说，前两年我老头病得厉害，我就去西郊动物园找那个殷瞎子写了符咒，还真把我老头救回来了，这几年活蹦乱跳的。"她像是在跟我说，也像是在和另一个大妈拉家常。

我猛地抬起头问她："在哪里可以找到殷瞎子？"

她有些惊讶于我的提问："是呀，都这个时候了，你就该什么都试一试。"

我拿着仅有的 200 元钱，去西郊动物园。在离老虎馆不远处的小路上，我看见一个穿军绿色衣服的瘦小男人，年纪不大，戴着墨镜，坐在铺着一张报纸的路边上，正在收拾他的东西，看样子要走。

我赶紧走过去，蹲下来问："请问，你是不是就是殷大师？你帮人算命做符咒吗？"

他拿着手杖，敲了敲面前放着的一张纸，说："上面不是写着不问生死，只问前程？你的问题我回答不了。"他继续把各种纸片和东西收到背包里。

我说："你知道我要问什么吗？"

他说："不是都写了吗？不问生死。"说完，就把那张用香烟外的玻璃纸包裹的纸皮收了起来。

我一下跪在他前面，"殷大师，我不问，我就想试试能不能叫醒我爸。他还没到时候，我知道他还没到死的时候。"

他笑了，"你怎么知道？"

我说："因为还有人告诉我可以来找你。"

他说："笑话，找我就证明他还没到时候？那我岂不是神仙？"

"如果命已该绝，我就不会碰见叫我来找你的人。我看过的书里就是这样安排的，我知道。"我执着地说。

"你看的什么书？"他有些调侃地问。

我说："金庸、古龙写的都是这样的故事。"

他大笑，"你一个女娃娃，我还以为你看的是星座书哦。哈哈，你看的是武侠，哈哈。"

他收住笑，叹口气说："年轻人，最终都是要放弃的，现在放弃也许是最明智的。你爸爸或许也是这样想的，你何苦这样执着？"

"因为他是我爸爸，我爱他，不想他死。"我跪着，给他磕了一个头。

他叹了口气，"我就算出来今天会有人来出难题，正想收拾了走，没想到还是碰到了，缘分真是躲不开呀。"

"把他的出生日期、出生时间告诉我吧。"他说。

我赶紧告诉他。他的手指一直在动，嘴里念念有词。一会儿又说："他五鬼缠身，不死也要脱层皮。"

我说："怎么才能不死？"

他说："我今日算到你我注定遇见，所以我只能听命，把我知道的都告诉你。我给你这道符咒，今晚12点，你在医院外面找一个山坡朝向西面，点三支香，用一碗黄酒，加入一大把米粒，把符咒烧了放入碗里，搅拌均匀。然后你拿着这碗，在山上边走边撒酒和米，大声喊他的名字，然后一直走到你看见自己的影子出现。最后你就把这个碗放到他的床底下。"

我一字不敢漏地记下了他说的话。我拿出我全部的钱："你收下吧，这是我全部的钱，也不晓得够不够。"

他笑笑说："你拿回去吧，你还要去买酒和香呢，全部给我，你怎么办？我们注定相见，因果的轮回，不要一次还清。你走吧，太阳快下山了。记住：心诚则灵！"

他定了定，问："等等，你叫什么名字？在我的手上写。"

他伸出他的手，我用手指在他手心写着，边写边说："一川。"

他的手抖了一下，喃喃地说："不易呀。"

我说："大师您说吧。"

他说："一条河，回头无岸，注定走走停停，寻找。"

我说："寻找什么呢？"

他说："终其一身，寻找泅渡！"

他没有再搭理我，自言自语地说着："终其一身，走走停停，找到一川，命该如此，道即如此。"

我没有明白，但我得走了，我对着他跪下来一拜。他自顾自对着他的手心喃喃念叨，好像低声说了句："再见了，一川。"

那夜，我一个人在山上走了一夜，喊着爸爸的名字，直到太阳升起来，我看到我自己的影子。

爸爸，当天晚上，真的——醒过来了。

我一直感谢殷瞎子。我无数次回到西郊动物园的老虎馆的那条路上，但我再也没见到他。

------ Yujian ------ Yichuan ------

那是爸爸第一次死亡。这次的死亡或许该说成是他的重生。如果死亡是一个结束，也许它该分为两个阶段，一是肉体死亡，

一是永久被人遗忘。那一次该是他曾经披着的皮囊死亡了，他变成了另外一个他，一个真实的他自己。一个只为自己，不为任何人活着的他。

在三个月前，他再一次死亡。被一群警察、狱医、检察院的人围绕着，在 ICU 病房里死亡。我被经济侦查科的易警官电话通知："你爸爸病危，请快到医院重症监护室。为了避免不必要的风险，就你一个人来！"

我打车飞快地赶到他说的地点。16 楼电梯一出来，在那个不太大的等待区，或坐或站的大概有 10 来个人。都是男人，穿着制服。就像一个等我来开场的舞台剧，我一出现，这些人都开始做剧本定好的行为。他们说了什么我听不清楚，医生拿出一大本的单据要我签字，我的头脑里一直轰轰爆炸。

我被告知爸爸在市第一看守所早上 7 点 30 分起来刷牙，突然倒地，第二次突发性脑动脉瘤破裂。我进入 ICU 病房，一样的情景，爸爸躺在那里，蜡黄色的脸。医生带着检察院的人拿着摄像机拍着。护士翻开他的眼皮，用小电筒照射着他的瞳孔，说："对光反射消失了。"

我问："他还活着吗？"

医生说："还有心跳。"

警察："现在他的情况已经不适合继续羁押，办手续保释吧！你作为担保人就可以了。赶快把你的证件给我，我去医院外面复印。"

我说："我没带。"

经济侦查科的易警官说："算了，先办理，以后再补资料。"

他拿出一张他带来的盖了区公安局公章的保释文件，放到我面前，用病历垫在下面，把笔塞到我的手里。这张纸是爸爸日思夜想的，如今轻易地就可以签了。毕竟他非法集资5个亿，目前欠债大约3亿人民币。在昨天，律师还在跟我说，不能办理保释。

我签上了名字，问："他自由了吗？"

易警官一本正经地说："你可以带他回家，但不能离开居住地。"

我看着这群人像一股制服旋风一般，在我的面前晃动着直至消失。我就坐在爸爸的旁边，拿了热毛巾，把他的脸和身体都慢慢地擦洗干净。他胸口上有青紫色的电击后的淤青。我摸摸他，他的脖子是柔软的，整个身体也没有其他外伤。

医生走过来说："第一次发病有60%的抢救成活概率，第二次发病救活的概率不到10%。"

------ Yujian ------ Yichuan ------

两周以前他在看守所第一次脑动脉瘤破裂，看守所把他转到地方医院。在医院里，我破例见到了戴着脚铐的他。老态龙钟，斜着躺在病床上。屋里有5个警察。我问他："爸，你在里面有没有被打？是怎么回事？"

他露出那种仿佛看穿我的笑，"没有，是我自己一下子摔倒了。我是医生，我很清楚我的情况。"

我靠近他，他轻轻对我说："给我一支烟。"

我看看警察，见他们没有反对，就从包里拿出他最爱的白色盒子的 555 香烟，放到他嘴里。我拿出打火机，给他点烟，他歪过头来接火，用很微弱的声音说："我的手机，你拿着，不要停机，有很重要的信息。"

然后他用他的手指点点我的手，带着莫名的节奏。我心里数了着：1、2、3……7。他收回点烟的手。

他对着旁边一个警察说："这个是看守我的周警官，对我很好，你去谢谢他。把你的电话号码给周警官留一个，有什么事情，他好直接通知你。"

我看看那警察。中年男人，不高，露出微微的笑。他说："你需要什么生活用品，我就喊你女儿来给你送了，就不用去跑腿买了。记得送衣服不能有拉链，不能有小扣子！"

我点头说："好，我把电话号码写给你。"

交代完了。

爸爸说："我好久都没有洗澡了，一直躺在床上。你帮我擦一下身体吧。"

我打来热水，把毛巾浸在脸盆里面，让毛巾被热水彻底渗透。我拧干了毛巾，开始给他洗脸、脖子、手。

我脱下他的内衣，给他擦洗身体。他的整个身体都呈现出一种疲倦的状态，瘦得一触摸就只能感到他的骨骼。

他躺在床上，我反复给他擦着，眼泪不断地流出来，没有声音。我努力地用热水去滋润这几乎干涸的身体，是否这样就可以驱赶这死亡的气息？

外面的警察叫我："家属，把他的东西带来，再买些牛奶。你可以离开了。有需要会再叫你来，病人的情况你可以去问问医生。"

爸爸最后深深地看了看我，"再见，一川。"

我对他说："爸，我等你出来！"

没想到这一次就是生离了。

-------- Yujian------- Yichuan--------

回到ICU里，我看着爸爸在那里僵持着，和死亡牵着手。我站在他的病床旁边，拉着他的手，他的手出现了一些斑块，我觉得爸爸在变得僵硬。

叮叮，叮叮，电话响起来。

我走到病房外的接待区接电话，"于律师。"

于律师："情况如何？你不能签任何东西，你等我来。保留好证据，他们所有的话都要录音。这些可以作为日后控告他们的证据。"

我："于律师，我爸快没了，我不想做什么了，我只想他安安静静的，我也安安静静的。他累了，我也累了。"

于律师："一川，你想想，他让你欠了这么多钱，他死了的话，一定要做尸检，我们会去告看守所。"

　　我突然觉得今朝不是抛弃我，把我推进火坑，让我莫名负债上亿的罪人，他只是我的爸爸。一个在来时路上牵着我的手的男人，他手那么温暖柔软，像个孩子一样。

　　什么是爱？爸爸，到这一刻，一如十多年前我站在你的生死门外一样，我除了无能为力的哭泣，还能做什么？我对你36年的恨也好、怨也好，在这一时刻变得那么的脆弱。

　　爱好像一个魔方，是快乐、恐惧、痛苦、伤害、欲望……纠缠在一起。最初交给我的时候，它六面都是一样的颜色，快乐是快乐，难过是难过。那情绪那么容易把控，我转一圈，我一定记得转回来的路数，以求保持六面一致。但经过几十年的各种变迁、事故、震动，魔方还能每面一致吗？任由无常每时每刻翻转它，它变得凌乱不堪。我在每次争吵过、哭过、思考过后，就是在试图找到重新翻转还原它的方法。我拼命翻，想它变得和谐一点，变回六面一致，但我忽略了，爱不是一面，它就是一个整体。很难把爱等同于任何一种单一情绪，因为它不是情绪。情绪是瞬间产生的，而爱是恒久的一种关系，一种联系人和人的纽带。

　　此刻，我的魔方不用去质问和翻转，它六面全部整体还原了，一如我刚得到它时那样。是的，我除了爱他，没有恨，没有抱怨，没有指责。我抱着我自己的头，在接待区冰冷的钢凳子上坐下来，痛哭。这次真的是我一个人了，连那只苍蝇都没有来。

　　我爱他，我感到巨大的爱像潮水一下涌过来，眼泪不过是溢出来的爱。

于律师在电话里说:"这件事必须扩大化,让700多个债权人都知道,也算给他们一个交代。警察方面我们要主动,去争取赔偿。通知一切能通知的人……"

我:"我做了这些,他能活下来吗?"

我挂掉了电话。

我爸爸累了,我也累了,不想说话。死或者生,不需要和任何人交代,这是自己的事情。事态已经把我和他赶到悬崖上,我只想为自己负责,只想让他静静。

我就这样呆呆地坐在接待区,看着地板,感觉周围的人走来走去。泪水就这样洗着我的脸。

重症监护室的门开了,医生出来:"7床今朝的家属。"

我愣了一下,跟着他进了门,医生严肃地对我说:"现在的他已经没有抢救的意义了,临床死亡了。你办手续,叫殡仪馆的人来吧。"

护士取下来各种管子。

他已经死了。是吧?

我问:"刚才你不是说还有心跳吗?"

医生说:"那是电击除颤后,依靠药物的微弱电流反应,很快就消失了。他已经脑死亡了,达到临床死亡的标准。"

我看着爸爸闭着眼睛的安详样子,他的嘴角还带着那种仿佛是看穿一切的嘲笑。我没有说话,就那么流着眼泪看着他。医生拍拍我的肩膀说:"你爸爸的名字取得真好,数风流人物还看今朝!节哀吧。"

我没看医生，冷冷地反驳说："是今朝有酒今朝醉的那个今朝！"

医生有点惊讶我的反应和抢白，"节哀吧，就你一个人吗？通知其他亲人吧。"

我拿出电话，拨通了易警官的电话，"我爸爸，刚刚去世了。"

易警官仿佛早就晓得这个结果，冷冷地说："哦，那你办好手续，过几天把资料原件带来，我给他办结案手续。节哀！"

很快，殡仪馆的人来了。那是一个染着棕色头发的男人。他进到病房，把爸爸抱起来，放到一个黄色的装尸体的袋子里，然后把袋子放到一个简易的推床上。他说："你和我一起走吧。"

我问他："你经常处理尸体吗？"

他说："吃这口饭10年了。"

我问："你看他去世多久了？"

他转头看看我，露出满口黄牙，一笑，"怎么？医闹吗？我看他的尸斑都出来了，应该去世5个小时以上了。"

我没有说话。到底发生了什么？爸爸，你有太多的秘密。我现在签了字带你走，一如36年前你在手术室接到我一样。我让你安安静静地走，不会让他们再来动你的身体，会让你完整地离开。

于是，我办完了所有的手续，一个人为他守夜，在殡仪馆空荡荡的房间里，我开着全部的灯，买了满屋的花圈。我坐在那里，就这么静静地看着他的照片。年轻的他微卷的头发，意气勃发的眉毛。

叮叮，叮叮，电话响起来，是看守所的周狱警，"一川呀，那个，什么，你记得你爸爸的事情平息后，你来找我，记得啊。"

电话杂音很大，他用一种醉酒后的声音跟我说话，舌头卷起来。我没听清楚，"周警官，您能说清楚点吗？"

电话一下断掉了。

一秒、两秒、三秒。叮叮，叮叮，电话又响起来，还是周警官。

电话接起来，听声音就知道他一定是满身酒气，"美女，你在哪里？"

我说："我是一川，周警官。"

他突然转用很清楚的语气，一字一顿地说："哦，对不起，打错了！"

很显然，他在暗示我有秘密和利益，用这样的声音是为了怕我录音。打两个电话，这样手机里只会留下一个通话记录，之前那个会被覆盖掉。

黑暗的夜晚，就像这事态，掩盖的是污垢和欲望。我看看爸爸的照片，照片里他在对着我笑，那是一种嘲笑。我看着他，对他说："我不会去揭开任何秘密了，阳光下面都是寻常事。你不用担心我。"

第二天，为了避免债权人来打扰，我一个人也没有通知，只有夏河来了，她陪着我送了爸爸最后一程。我和她一起，把爸爸的骨灰捡到盒子里。我用红布包着骨灰盒。殡仪馆的男人说："不能放下来，要一直抱着，绝对不能沾到地，除非到入土那天。"

那个盒子，那么小，我就那么抱着，像抱着一个婴儿。一步一步，慢慢地抱着他去到坟墓。

------ Yujian ------ Yichuan ------

我的爸爸叫今朝，和新中国同一年诞生。他出生于一个有政治问题的家庭，我爷爷早年加入过国民党。家里有6个孩子，全部是男孩。今朝是大哥。就像医生说的一样，他的名字就是取自"数风流人物还看今朝"。他从小做什么都是学校的标兵。家里很穷，他都是一放学就去捡煤渣、捡破烂换钱。每次弟弟们犯错误，被父亲打骂的却是今朝。他想出人头地，他要让这个家庭好起来，仿佛成为一个使命通过那个名字印记在他的心里。

他成绩非常好，还是学校篮球队的队长，但是他没能入团，因为他爸爸曾经是国民党。他疯狂地证明自己，所有的政治运动他都是最前沿的，他希望能进入那个主流群体。当他快要考大学的时候，迎来了暂停高考的消息，知识青年上山下乡的运动。几年后他回到家乡，被分配到医院里。他拼命地学习，在恢复高考后自学考取了医科大学的本科。当年他以优异的成绩得到了国家自学成才奖，这个奖杯一直在我家的书柜上放着，和他获得的其他奖杯、奖状一起。但他仍然不是主流，他不能入党。他一次次地找领导都被告知：成分不好。对呀，那个时代是要看成分的。在今朝的计划里，入了党，才可能开始他的仕途，才可以跻身到那些部长、科长、院长之中。看来命运是要阻挡他成为风流人物的壮志。

他没有放弃，他从专业上垫高自己，他疯狂地学习。在我有记忆以来，我看到的今朝不是连台地做着手术，就是埋头在看书写字。他在我幼年的记忆里总是穿着白色的衬衣，外面罩着白大褂。修长的身体，温柔干净的气质，身体上散发着好闻的消毒水味道。我总会在中午去给他送饭，他每次都是在加班，回到家就沉迷在一大堆书里。周末他会带我出去，我们两个骑单车，去放风筝，捕鸟，爬山。站在山顶，今朝告诉我："一川，有一天我会给你全世界。"

今朝出了两本书，麻醉医学专著，发表过上百篇论文，成功申报两项个人发明。这时候部门要安排一个麻醉科主任，按照他的文凭、技术、年龄、资历，他当之无愧。但，院里安排了一个万事不如他的人。我看到他在那段时间几乎不看书了，他把他所有的稿件整理出来，喊来收破烂的，把那两摞半人高的稿件全部当废品卖了。他一共写秃了9只钢笔，全部被扔到垃圾桶里。

那天我看他很轻松，卖了文稿后，开始做饭。爸爸打了两个鸡蛋，放入面粉、奶粉、糖、水，搅拌均匀。拿出铁锅，放入植物油，等油温升起来后，他用汤勺舀起面汁在锅里浇注着各种图案，一会像菊花，一会像龙，一会像猪。他独创的这个鸡蛋饼，里面软外面酥脆，一直是我最喜欢的食物。

爸爸把饼子放到我的面前，我坐在桌子旁边，他看着我一口口地吃着，对我说："喜欢吃，多吃点。"他在旁边喝着一小杯白酒，就着花生。我记得那天，他是喝得有点醉了，他躺在沙发上唱着歌，很快乐的样子。他喃喃地说："我就是今朝有酒今朝醉的今朝，有什么不好？哈哈哈！"

在他不当"风流人物"的时候，只是我的爸爸，他会哼着小曲儿，给我讲故事，陪我下棋，带我到他自己布置的暗房里冲洗照片、做木工。

记得那段时间他很少见地不再加班，不再写作，只是陪着我。在那个物质贫乏的年代，他在我床头的天花板上贴了一大片报纸，然后在上面画了地球、火星……夜晚我和他躺在床上，他拿着手电筒照到画作上，给我讲关于星球、宇宙的故事。

在我的世界里，他就是我的天花板、我的宇宙。

上帝给他关上了一道门，此时又给他打开了一扇窗。不久后，他的"贵人"出现了。我记得那是一个很有政治背景的男人——张总。张总在一篇自学成才人物的报道里面看到了今朝，了解到了今朝的个人专利：心肺复苏急救设备箱。他和今朝相见恨晚，今朝身上淡淡的书卷气息和那份对成功的执着渴望，让他觉得今朝是一个可以成就事情的人。那男人即将成为市领导，他需要今朝帮他在外围活动、经营。那男人拿出200万，在20世纪90年代初，这可是一笔巨款。他注册了公司，今朝是法人、总经理。

今朝，终于找到了成为"风流人物"的感觉。他买了车，是当时最新款的大切诺基，还买了最时尚的大哥大。他向医院提出辞职申请。我妈坚决不同意他去外面冒险，哭着喊着阻挠。但医院的领导在今朝本人的坚持下，给他办理了停薪留职。就这样，今朝开始了他的第一段冒险。

那个张总很快就开始忙于他的仕途，今朝自己操持着公司的业务。但今朝本就不是一个生意人，或者说他只是一个书生，他不懂经营。他想的不是要做一门赚钱的生意，而是要做划时代的发明。他开始研制打针不痛的贴纸。他说这是一个可以千载留名的项目，可能会有上千万上亿的前景。小孩打针的时候贴上这个贴纸，就不会觉得痛。他研发了一年多，没有太多进展，花去了不少钱，而公司基本没有什么主营业务。今朝有些着急了，这样维持着排场，怎么才能赚到钱？他这时候听见很多人在炒钢材，据说很快就能资金翻番。

那时，钢材还是计划生产和市场经济双轨制并行的年代，产品由国家分配，现货批发市场还未成形，有很多有利可图的机会点。那时候国民经济快速增长，钢材需求猛增。当时的线材现货价格在1000元每吨，如果拿到市场上可以每吨赚400～600元。并且线材的价格还在持续上涨。巨大的利益差距，让很多人想方设法地去搞钢材的批文，然后再把批文卖出去，倒手赚40%~60%，如果敢搏一把囤货，可能利润还会翻番。

今朝看看自己还有130万，就拿出50万，想试试所谓的赚钱。他在1800元的价位拿到26吨钢材线材的批文，当时出货价格在2000元左右，转手卖掉就可以赚5万元，但他选择囤货。他像一个老到的赌徒，不看底牌，就全部押注。他带着那种惯有的微笑。短短半月，价格飙升到3200元，他全部出货，半月赚了36万。那个年代的36万，就像现在的360万一般。

当天，他带我去了江边上的两江亭。亭子有 9 层，他让我闭上眼睛，拉着我到九层最高处，然后叫我睁开眼睛。我看到气势磅礴的长江，他在我身边说："一川，要想看得高，你就得往上走。即使失去了希望，也要勇往直前。很多时候遇到困难蒙住眼睛就可以度过。不要相信眼睛，不要相信耳朵，相信你的心。"

江风吹着他的风衣，我看到今朝是如此的伟大。成功真的会让男人变得荷尔蒙异常分泌？他看起来是那么坚不可摧！

尝到了赌桌上的胜利的今朝，丢掉了生手的青涩。他不断地操作，买进，卖出。半年时间，他赚到了 320 万，加上他的本金，他有了 450 万。他买了一台奔驰轿车。那是我们那个医院家属区里唯一一台小汽车！他看起来那么从容和优雅。他已经不会去实验室做他的打针不痛的贴纸了，他也不再埋头看书了，他也不会再带我出去了。他衣冠楚楚地开着他的奔驰出现在他曾经努力工作的医院里，他就是要让那些整他、欺负他、埋没他的人嫉妒得半夜骂娘，那感觉简直太棒了！

钢材线材的价格快涨到每吨 4000 元了，今朝拿出 200 万，在 3500 每吨的价位全部买入，他预计会到达 5000，打算在 4500 的时候就出货一半，4800 全部走人。

之后，线材价格在 4 个月内暴升到 4000 元每吨，今朝没有出货，他清楚这个赌桌的游戏规则，他认为自己是当之无愧的高手，按照他的经验，价格还会上涨，只有到达他预计的价位他才出货。按照这样疯狂的涨势，很快会到他计划的出货价位。在线材到了每吨 4000 元的时候，他又拿出 200 万全部入货，这样他的拿货均价在3750元。

市场上出现了很多传言，说价格双规制度要并轨了，说政府要开设钢材现货批发市场。今朝说："再等等。"

受国家政策影响，线材价格最高到了4250元，然后就开始快速下跌，一路破了4000元，3000元。今朝说，等等，这么急跌会企稳反弹的。但他开始揪心了，日日对着窗口发呆。很快，价格到2500元。短短半月，跌了近一半。今朝忍不住了，他看到价位已经逼近他最初的本金了。他突然觉得自己是这个赌桌上最傻的一个。一个破风手，一个笨蛋。他把价位挂到2600。市场在急跌的时候，你不折价卖还要加价？市场没人理他。最后在1950元每吨的最低点，他全部出货了。他在那个价位的时候想的就是：我不要这样的感觉，我得出来，我得保本。于是短短一个月，他就只剩了190万。

那个张总一直给他施加压力，让他快点找到项目，让公司盈利。此时这一轮飞快的"过山车"，让他这样一个刚从体制内走到市场的书生，真的很难适应。他害怕，他担心张总会让他背负10万的债务，他担心这样做下去，他会越做欠得越多。这个时候正是个体企业在萌发的阶段，有一家"×帆公司"就多次找到今朝，希望今朝购买20%的股份，作价50万。那时候的今朝，被这轮海浪打得失魂落魄，他没想到他拥有的是多少人希望的原始资金和大把的机会，他想的就是失败和对未来的恐惧。他在此时无法勇往直前了，他恐惧。

他做了一个决定，把公司交还给张总，唯一要求就是不需要还那10万元。他急急忙忙地交接了公司，回到家里，回到他停薪留职的岗位上。等待他的是那些几个月前还在被窝里对他羡慕嫉妒恨的同事和领导，如今他像只落水狗一样的回来，他的骄傲和自信在顷刻间瓦解。

然后他开始了长达3年的抑郁期。他每天早上4点就醒来，他烦躁，开始赌博。每天傍晚的时候，他就焦虑地看着窗外，等待来找他打牌的人喊他。他和妈妈天天吵架，每时每刻的冷战，家就像一个比赛场——我们三个人比赛谁更痛苦。

家里三天两头出现要债的人，印象最深的一次，我打开门，一个硬梆梆的东西一下顶着我的头。门外一个男人说："今朝呢？今晚他不把欠我的1万块钱拿来，我崩了你的头。"我歪着头才看清，这人手里拿着一把枪，枪顶在我头上。我说："你确定能一枪打死我吗？那崩了我吧。"

我对这种令人窒息的日子非常绝望，我那时的生活充斥着父亲的叹气声，妈妈的哭泣声。我闭上眼睛，坚定地说："你崩了我吧。"那个男人很吃惊，手抖了一下，他的枪慢慢收回去，他把枪放到夹克的内兜里。他骂骂咧咧地说："神经病！一家神经病。"

后来妈妈执意离婚，爸爸自杀。爸爸在3天后清醒过来。他不再是今朝了，我从他的眼睛里看出，他的身躯里住的已经不是今朝的灵魂，他变得激动和狂躁。

他的过去死亡了，他的未来诞生了。

他出院后很快就办理了停职。他对我说："人要可上九天揽月，可下五洋捉鳖！"他开始卖报纸，沿街叫卖。他开始走私香烟。他干各种各样的事情，干所有让他忘记自己的事情。他告诉我："你知道吗？人生最大的意义就是找到自己。我现在就是要找到我自己，人很奇怪：在我什么都没有的时候我却有了全世界。"他目光炯炯地说，斩钉截铁。

我看着曾经书生气的今朝沿街叫卖着报纸。我看着那些他以前的债主为了500块钱把他绑起来打掉门牙。我扶起来他，他继续爬起来叫卖。他收起他全部的骄傲，他一如少年时在钢厂倾倒的垃圾堆里找炭渣的小孩子。他说他很快乐！

故事发生在一个闷热的下午，今朝卖完报纸，在长途汽车站外面的休息区找了个位置坐下，那里有空调，他可以休息。旁边坐了一个工程师模样的人。那个人和他的朋友在谈天，说现在的建筑工地安全隐患太多了，最不安全就是脚手架，经常发生坍塌。他说："建筑工地上的脚手架有多高，工人的心就提得有多高。主要是用于连接的建筑扣件设计有问题。铸铁扣件的质量100％都是不合格的，现在的结构设计上就有致命的问题。"

今朝被他的话吸引了，他靠过去听他们的谈话。

两个人在说对扣件进行设计革新，就可以很好地解决脚手架坍塌的问题。

今朝像被打入了一针强心剂。他看着城市密密麻麻的建筑工地，想着密密麻麻的建筑扣件。这是一个改朝换代的产品呀，如果真的研制成功，那是多大的市场，几千万？几亿？不，几十亿！

他仿佛又看到了希望，一个成为风流人物的希望。他在那里待到工程师上长途汽车，他把这个人说的重要的话都记在报纸上，最后他留了工程师的电话。他要回去计划一下怎么开始这个项目。他要计划怎么来操作这个道具，让他不会手无寸铁地面对世界。他不再是 3 年前那个文弱的今朝，他曾经拥有弹药和士兵，却输掉了整个城池，如今他要身无一物地赢回来整个世界。

他回到家里，买了若干的工具，他开始研制新型脚手架扣件。日复一日，用了 3 个月时间，他做出了新型脚手架扣件的雏形。他发现一方面现场施工从预制板到线浇工艺，使原来只是工作架功能的脚手架变成了支撑架，对其支撑强度提出了新的要求：承重要求更高。另一方面，由于采用分包制，包工头为了节约成本都用租赁的形式使用建筑钢管和扣件。很多建筑商人为了控制成本，要求生产商节约材料，市场时出现了几乎全部的非标产品。国家标准要求铸铁扣件不得低于 1.1kg，但市场上的很多扣件不到 0.6kg。这样算下来，全国有 40 亿~50 亿个扣件的需求，每年有 10% 的换代率。这是一个危机四伏的安全隐患，也是一个巨大的潜在市场。

今朝卖掉了房子，在租来的不到 20 平方米的小房子里，做他的各项调研和实验。半年后，他采用钢结构，液压成型的盖座连接的新型扣件产品的各项数据超过了国家标准的一倍。成本与铸铁扣件持平。

今朝拿着自己的产品去申报了国家专利。他看着手里的这个金灿灿的扣件，仿佛看到了他与这个世界相抗争的武器和道具。

他开始四处找钱投资建厂，他平均每天会见20多个投资人。他把光辉的未来和美妙的前景描绘得如此美妙，很快，就有3个人出钱和他一起搞这个产品。这次他总共集资20万元，在一个很偏僻的厂房租了一个小车间，开始他的原始生产。很快就有工商管理部门来检查，发现他根本没有建筑类产品的生产许可证，他的产品也被查封，还要处以罚款。今朝去北京办理产品生产许可证，被告知厂房要不小于1000平方米，还有设备、环保、人员、安全生产……各项要求整整24条，其中没有一条是今朝能达到的标准。他问："我的产品各项检测都是远超国标的，为什么不给我生产许可？那些全部达不到国标的产品为什么都能许可生产？"

办事人员："哪来那么多为什么！规定就是规定，必须达到这24条，我们才会给你办理许可证。"

今朝两手空空地回来了，他的两个出资人臭骂他做事前没有了解清楚，要退出。这时公司已经没有钱了，还有可能要支付罚款，这两个人不想承担这些风险，他们逼着今朝签下了借条，等今朝有钱了必须偿还他们投资的本金。这两人扬长而去，今朝独自在偏僻的破厂房里沉思。

他不能放弃，他的心告诉他一定要挺过这一关，一定要勇往直前，即使失去了希望。他咬咬牙，去借钱。

那是1997年，他一个人拿着他的专利和项目投资报告，去各种公司、当铺、黑社会、包工头、银行、信用社乞求别人相信这个产品，相信他的人，期盼能借到一笔启动资金。

这个时候出现了一个人，他是一个背景不详的重庆人，据说他是帮一个广州的老板在内地找项目的马仔。这个人叫易拉，30来岁，微胖，一米八的个子，一副黑道白道都混的痞子样。他通过很偶然的机会知道了今朝，和今朝谈过之后，在今朝的强大的催眠模式的洗脑下，看着那么广阔的市场空间，他动心了。他借给今朝500万，月利息3分，让今朝拿公司50%的股份和专利证书做质押。这是什么概念？就是借500万元，每月付15万元的利息。今朝想都没想就一口答应下来。

这是他借的第一笔高利贷。

他开始租厂房，购买液压设备等，生产一下就上了规模。生产许可证办下来了，他的钱也所剩无几。销售还是有很大麻烦，国家建委虽然下达了明文，要求取替不合格的铸铁扣件，但是实际生产中很难一下处理掉这么多已经在使用的扣件，所以各地方政府的管控难度也很大。今朝的钢扣件比不合格的铸铁扣件要贵15%。但既然不合格的扣件允许存在，谁还会买这个贵了15%的正规产品？

钱越来越少了，产品没有好的销路，公司很难支撑下去了。今朝找银行贷款，因为各种问题，没能从银行贷到钱。他又开始跑大大小小的贷款公司、担保公司。他抵押了设备、生产许可证，又贷了300万的高利贷，月息5分。公司艰难地支撑着。他冥思苦想该怎么办。这个时候，他突然发现其实他可以直接做租赁。标准的扣件和不合格的扣件在租赁市场上竞争，前者还是很有优势的。当时租赁的利润很可观，年回报率高达30%。于是今朝注册了一家租赁公司，自己生产再买给自己。资金继续吃紧。该怎么办？每个月都要还高利贷的高息。

他不知道该怎么办，他心烦意乱。走到楼下，想抽根烟，碰见一个正在一旁休息的清洁工，就向清洁工借火。清洁工问："大哥，你们是做什么生意的？"

今朝本能地开始介绍他的产品和他的梦想，他的抱负。清洁工听了半晌，说："这么高的利润啊！我可不可以买两万块钱的扣件，然后你帮我租？我不拿货，就要每月的租金就好了，一个月就是600元。要不要的？"

今朝突然觉得像被点醒了一般：对呀，我可以卖"纸扣件"，就是让很多没有投资机会的普通人来买我的扣件，他们不提走货，我帮他们租出去，租金他们拿走20%。或者我拿到钱根本不生产，把钱拿去放高利贷，这样就能很快解决资金问题。

于是他按照租金二分或者二分五来支付给来投资的客人。公司开始大事宣传投资做租赁回报稳定、收入高、残值高达80%。就是过几年扣件报废了，按照废钢材卖还能收回80%的资金，简直就是一个完美的投资产品。他还提出如果老投资客户带来新投资客户，会向老客户返5个点的利润。由于他宣传力度够大，每月的利息支付稳定，一时之间声名大噪，钱被源源不断地送到他手里来，很多人抵押了房子，把钱送来他这里，还称之为：存钱。他公司的财务部一时间俨然成了一个小银行。

今朝说："这叫深挖洞，广积粮，劳动人民才是真的有力量呀！现在要做的就是尽快地生产和租赁了。"

适逢房地产迅速发展的那几年，他的生意也越做越大。他租赁钢管、扣件，俨然一副大公司气派。他开始设想买厂房，建生产基地，做技术出让等。他看到无限美景就在他的面前，他又有了在赌桌上把把都顺手的感觉。

其实他也就是过过手，这些钱多半都是被那些高利息的人赚了，他不过在玩一个庞氏骗局，用新来的钱支付利息，然后再去找新来的钱。好在那几年房地产高速发展，他的产品还能卖出去一部分，能勉强维持住公司运转，他的扣件绝对不是像他描绘的那么良性的暴利产品。

这一阶段的今朝不再购买奢侈品包装自己，他穿着普通的白色衬衫，深色的外套，开着一辆很普通的福特车。他要把所有的钱都用来建设他的王国。他的欲望不再是肤浅的物质炫耀，他希望能在有生之年打造出一个商业机器，一个能持续运转的商业模式。他会被塑造成开国重臣一样的人物，在企业里被人瞻仰。这样的"风流人物"形象无时无刻在刺激他的斗志。

这个时候他看到一个出售厂房的广告。这是一个位于未来西站拆迁范围内的一万平方米的厂房加4层的写字楼。他觉得摊子是时候铺得大一点了，这样才能稳定投资人的心，也才能吸引更多的人来存钱。

厂房的价格谈到4000万，在这个地段，以这个价格拿到手，转手就可以赚1000万。今朝晓得对方是经营不善，急需用钱所以才便宜卖出。房产中介告知今朝不要做地产更名，这样就能省下一笔税费。中介让他把厂房作为公司资产，直接买公司，这样就合理规避了大约100多万的税金。今朝没有犹豫，这么大的甜头，是因为天道酬勤吗？他很快就和中介一起去办理了手续。他不了解买卖公司还应该核实公司的债权债务，做净值调查。他那文人的骨子里还是存在致命的天真。

钱不够？怎么办？

借。债多不愁。

今朝找到几个有钱的金主，说明了意图。在座的各位都是吃了好几年利息的人，都觉得跟着今朝只要看紧点，不要做最后下船的人就不会出问题。每人心里都有一本账，都在计算着既得利益。大家都看到买了这厂房等于立马就赚了1000万，保障系数很高。本金投入几个月，等厂房购买完成就可以抵押给银行贷款了。大家异常兴奋，3天时间凑出了3000万，二分五的利息。筹够了钱，今朝很快就办理完了公司的股权转让。他交付了800万的定金。对方是一个姓丁的老板，约定好一个月后的一天去办理过户，过户之时再支付3000万房款，余下的200万在交易完成后一个月内，结算完手续费和中介费后再支付。今朝交付定金后，对方很爽快地同意今朝办理迁厂事宜。一个月后，新厂房基本搬迁完了，今朝忙着装修4层的办公楼。

一个月后，他们按约定来到工商局，今朝和丁老板要办理股权转让。上午10点，今朝准时到了受理大厅，丁老板迟迟未到。10点半，丁老板才出现。办理完股权转让登记，今朝和丁老板一起来到工商银行，今朝转账3000万给丁老板。丁老板说："我的账号没带，转到我丈母娘账户上吧。"今朝说："好呀，你这样的女婿真是少见了，看来嫂子很能干哦!"丁老板只是呵呵干笑。

从银行出来，丁老板拍拍今朝的肩膀，"老弟，这摊子就交给你了。后会无期!"

办理完股权转让第二日，今朝拿着厂房的资料去银行办理抵押贷款。银行一查，告知他，该房产已经在一年前抵押给了另外一家银行，因为断供半年，资产已经被冻结了，无法办理贷款。今朝一下明白了，丁老板和中介一定要办理股权变更，不做房产买卖，是因为如果去国土局办理就无法完成交易。厂房的状态和情况都是他委托中介去调查的，今朝也就是看到若干复印文件和一个不知真假的产权证。中介和丁老板是一伙的。

今朝心都凉了。他打电话给丁老板，电话无法接通。找中介，中介回复他，不知道会这样，还说会帮忙找丁老板。

今朝回到公司，身体都瘫软了。怎么办呀？这个时候门卫打电话来说，有几个自称是原来这个厂的债权人，在厂门口吵着要找负责人。今朝探出身子，看见厂门外有七八个人在那里吵嚷。

今朝怕投资人看见了影响不好，这件事毕竟还没有让人知道。他说："让他们进来。"这几个人是丁老板公司的债权人，他们拿着各种单据手续，告诉今朝，这个公司欠他们2000多万，既然被转让给了今朝，就该由今朝来还债。吵闹声把公司上上下下都惊动了，那些债权人安排在公司的耳目马上给主子打电话，各路人马在2小时内都会聚在厂里。

事到如今，今朝只能告知他们，整件事是一个骗局，他们被骗了

3800万，还背负了一大堆债务。于是一大群人在那里咒骂和拍桌子。

今朝还记得丁老板岳母的名字和汇款的银行。今朝开上车，跑到银行去找。银行的好心人告诉今朝，是有这个人，这笔款早就转走了，这个女人住在某个小区里，叫今朝报警了再去找她。

今朝在小区物业那里查到了女人的住址，他跑去敲开她的门，门开了，今朝把手伸进去推着门："您女婿丁老板人在哪里？他骗了我钱，今天找不到他，我就不走！"

对方是一个老大妈，她说："那杀千刀的，我才不是他岳母！姓丁的3个月前就跟我女儿离婚了，他昨天上午出车祸死了。你去铜梁他老家去找他嘛，最好去把他从坟里面找出来嘛。"

今朝问："我转到你名下的钱，到哪里去了？

大妈说："工程款嘛，姓丁的三天前天预约帮我销户了，卡都是他和我女儿在用，我一个老太婆什么都不懂。他回去路上就出车祸了！"

今朝说："给我他在铜梁的地址。"

拿到地址，他赶快开车，两小时后他到了那里。小区楼下，搭着很大的塑料雨棚，人都散了，地上有很多花圈，挽联上写着"丁兄万古"……今朝一看到灵堂的照片，人一下子就瘫了。这不就是丁老板吗？

事后，警察核实，丁某由于车祸意外死亡，款项去向不明。

今朝受到的磨难让他此刻变得万分狰狞。他很难受，他告上法庭，同时他也被那些债权人告，6个案子一起办理。法官最终判厂房收回，由法院拍卖，姓丁的诈骗罪名成立，因丁某死亡，撤销诉讼。今朝在法庭上大骂法官，打电话去咒骂所有他觉得辜负了他的人。

最终他通过司法拍卖，花了3000万把厂房拍下来。他在这件事上耗尽了6800万元的资金，同时耗尽了半年的时间，这半年他陷在官司里面，什么事情都顾不上。公司的各项业务全部搁浅。公司每月27日要准时付出利息，但已经多次推迟了，很多人来厂里质问和要求退款。今朝每天都在找钱来还以前的利息，他已经无暇顾及那些扣件的生产和销售租赁了，他成了一台机器，一台失控的吸血的机器。他每天一清醒过来，就是想着出去找新的血液。杀人的高利贷！他天天咒骂那些不能带回来钱的员工，他把所有亲朋好友的电话都打爆了，他要钱！钱能把他的美梦延续下去。有一天，我突然接到了他的电话，他说他开车到深圳来看我。

我们几乎10年都没有见面。他开车开了两天，到深圳已经是傍晚时分。那天的夕阳特别美。刚刚过了下班的高峰期，深南大道显得不是太拥挤，两旁的大树绿得做作，花都像献媚一般妖娆着。我坐在车里斜靠在窗边，靠边停着打着双闪灯等他。我看着后视镜，仔细地辨认"渝B"的车牌。我想今朝突然来看我，是有什么事吗？电话里，他就只说："想你了，川儿。"

来了。他的车闪了闪大灯，像是在和我挥挥手。在深南大道上，我开着车引导他的车回我的家。我打着双闪，从反光镜里看到他稳稳地跟着我。

我深圳的家在福田中心区，靠近深圳最美的中心公园。房子是复式结构，200平方米，就我一个人住。

今朝进门坐下，就掏出香烟。他看看我，我说："抽吧，我去把窗打开。"他狠狠地吸了一口烟，看向落地窗。

外面是深圳最繁华的中心区，深圳的第一高楼平安大厦就在眼前。浮华的世界仿佛尽收眼底。

他望着窗外，吐了一个个烟圈，回头看着我挤出一些微笑，"你自己的房？过得还不错哦。川儿长大了，能干了。"

我拿出今年的新茶，打开茶台的开关。"爸，我泡点茶喝吧。你怎么突然来看我？"

这是我从家被赶出门的第16年，他第一次出现在我的面前。他在外表上基本没什么变化，高高的额头，披肩的卷发，微微的驼背。深圳的11月还是热，他很爱出汗，前额已经有一些汗珠。我把空调打开，开到20℃。窗外的霓虹灯在闪耀着，我看着这个浮华到极致的城市。美吗？这是我的家乡吗？我会一辈子在这里吗？等这个城市吸干我所有的血液，燃烧完我所有的欲望，我剩下来的时间该给谁呢？我不知道。

今朝走过来，拍着我的头，"爸爸想你了，这几年都好忙，你也不回来，好久没见到你。你过得好吗？"

是呀，当你自杀未遂后，从昏迷中醒过来，当你和你兄弟把我从家里赶出去，当妈妈很快再婚，当我身无分文地走在街头，当我没有学费只能找夏河借钱，当我去卖血换路费，当我一个人走在深南大道上找不到工作一天没吃饭的时候，你们在哪里？当我上初中时，你们无休止地吵闹、冷战、家暴的时候，我一个人坐在楼下，那时你们在哪里？我不回家？是我不知道该回到哪里。

我的眼泪要流出来了。今朝没有说话，他走到厨房，打开冰箱，拿出两个鸡蛋，一盒牛奶，一些面粉。他用我的玻璃沙拉碗把这些都拌匀，加入白糖，打开火，放上平底锅，开始做他从小就给我做的煎鸡蛋饼。我靠在厨房的门廊上看他，那20多平方米的欧式厨房，中间是一个料理台，他在那里忙碌着，生疏又熟练。他转过来对着我说："还记得爸爸做的鸡蛋饼吧？"

我哭了。我不恨他，我觉得十多年的时间，他辜负我的种种事端都抵不过那盘鸡蛋饼。他仿佛不是今朝，他只是我的爸爸，一个日渐衰老的爸爸。

我和他在餐桌边坐着，他总是能变花样一般给我惊喜。他用红萝卜刻了一个小人，在鸡蛋饼旁边"站"着。我看着他，他说："吃吧，饿了吧？"

我一下子抱着他，哭了。我原来只是一个风筝，线在他手里，他一拉，我就会回去。那"线"就是爱吧。爸爸拍着我的背，就那么一直轻轻地拍着我的背，像对待一个婴儿一般。

那一晚，我们没说什么，他一直在吸烟，很晚很晚我都能听见他咳嗽的声音。

第二天，我开着车，带他去了海边。那是一个工作日，深圳的海边人很少。我们在沙滩上坐了下来。他点燃香烟，吐出一个一个烟圈。他看着大海说："一川，跟爸爸回去好吗？爸爸老了，需要你。爸爸的公司也需要你。"

我说："爸爸，我回去能做什么呢？"

今朝："你和爸爸一起，我们一起把公司做大，成为上市公司，你可以去做一个优秀的上市公司老总，到时候你可以去实现你的抱负。爸爸要给你全世界！记得吗？我在你小时候就对你说过，我要给你全世界！这里不是你的家，回到家乡，我需要你，公司也需要你。"

我说："我什么都不会，我能做什么？"

今朝："现在我遇到了最大的机会，也是最大的坎儿。我已经65岁了，过了60岁的法人和企业主很难拿到银行的贷款。我现在必须拿下银行5000万的抵押贷款。我把公司给你，你做法人。我欠了很多高利贷，只有这个钱能帮我活下去，只有你能帮我。"

他看着我。

我看着他。这个我深爱的男人，此刻像孩子一样无助。我心脏剧烈地跳动着，感觉到强烈的使命感。即使他需要我去死，只要他能活，我都愿意。我说："爸爸，这样你就能活了吗？"

今朝："是的，我能活，能活得很好。只要能度过这个坎儿。"

我问："爸爸，你到底欠多少钱？"

今朝有些意外地看我了，说："大约1亿吧。"

"1亿？"我有点惊讶这个数字。

"爸爸，我们能还得了吗？"我问。

"怕什么，我自然会有办法，爸爸不会害你的，哪个民营企业不是这样艰难起步的，一切都会好起来，只要你跟我在一起。"今朝淡淡地说。

"爸爸，要不你跑吧，这么多债务，你已经60多岁了，还能熬多久？拿点钱跑到远点的地方去避避风头，过个七八年再回来。"我有些不甘心地对他说。

"跑？笑话。我为什么要跑？这是我的世界，我的品牌，我的企业，我的命！我不跑，我会撑下去。这么多债权人，我不能不管他们。一川，即使失去希望，还是要勇往直前。没得选，你以为有很多选择？只有选择担当才是最轻松的。"他嘲笑地看着我，坚定地对我说。

我看着他的侧面，他卷曲的头发被海风吹拂着，我问他："爸爸，这么多年，你到底想要什么？"

爸爸看着大海，露出他特有的微笑，说："也许无法实现的目标就是我的目标，没有尽头的路才是我想要走的路。既然最终都会被扔到坟墓里，那就随心所欲地去做吧，就算像个疯子一样又如何？没有什么不可能的，一川，不可能都是自己给自己找的借口！"

他淡淡地说着，笑笑，吐出一个烟圈。他大声喊："对！像个疯子一样，那又如何？今朝有酒今朝醉又如何？我会证明给所有人看，我才是对的！"

我说："爸爸，你爱我吗？"

他转过头，对我伸出他的手臂，他说："来，我抱抱你。"从我记事起，爸爸好像就没抱过我了，此刻，温暖的拥抱让他和我都平静。他在我耳边说："爱是什么？"

他用手指在沙地上开始写字，"爱字拆开来，一个爪，一个宝盖，一个友。你想过他们是什么意思吗？'爪'和'宝盖'代表控制、占有，与之相制衡的只能是相伴一生的友情。'友'是什么？那一撇一横，代表包容和支撑。友不是占有，是平行，是荣辱与共！你再看看，如果'友'字去掉那一撇一横，底下是一个'又'字，那就变成了'受'。孩子你知道吗？爱不等于感受，用感受来理解它，你会沉溺在痛苦的情绪里。它是一个代表包容、与占有相对抗的字，它要对抗占有、不让'爱'沦为'感受'，所需要的就是包容、支撑！"

他在沙地上写着"爱"字，我看到这个"爱"，一瞬间想起那个在网络上为我解释爱的魔法师。突然间一个海浪打来，一下就把爱字抹去了。

他看看我说："世俗之爱常常沦为'受'，'受'指感受，感受是情绪，是最不可靠的维系。我和你的爱，是并肩成长，是你站在我的肩上获取更多。我给不了你感受，我想给你一个新世界！"

今朝扔下香烟，脱了衣服裤子，穿着底裤，他喊我："走，跟爸爸去海里游泳！"我被他的疯狂感染了，我穿着衬衣和长裤，跳到海里，我跟着他在海里游着，我跟着他。

如果说，动机是所有情绪和行为的最深层次的源头，那么我希望他的动机是爱。不是希望，是我告诉自己要相信，要坚信。所以，我回答他："我愿意。"不论他把我带到哪里，我的动机仅仅是爱。

很快，我把我深圳的房子，以低于市场价的价格卖出。因为是全款交易，只用了不到一周的时间，就办妥了手续。

"天花板青年旅社"是我在深圳的产业，旅社在华侨城里面，是从三栋旧的工厂宿舍楼改建的，我占有30%的股份。老麦是大股东，也是这些房子和土地的持有人。既然要走，不晓得何时才能再回来，我决定把它全部交付给大股东。我找到老麦，把我30%的股份全部转让给老麦，我办理好了委托公证和股权转让公证。

我把文件放到老麦的桌上。老麦问我："找到回家的路了？你得告诉我为什么。"

"我爸爸需要我，他需要钱，我要帮他。我得回去。"我对老麦说。

老麦看着我，"仅仅为此吗？为了你爸爸，你要放弃自己经营的生活？你回去给他钱，就能帮他脱困了吗？"

"爸爸说，即使失去希望，也要勇往直前。他老了，我得和他一起。"我对他说。

老麦的眼眶竟然有些发红。他取下眼镜揉了一下眼，说："我的默默要是像你一样就好了，除了拿我的钱去帮外人，唉……"他顿了顿说，"旅馆和茶室，还有楼上的画廊你这几年经营得不错，还有露台外面的空间免费给艺术家和创意先锋们做展示，这些年你花了不少心思，现在全部转让给我，我捡到大便宜了。你怎么不高价卖给其他的投资人？"他故作惊讶地问。

我摊开手，装作眩晕状，笑着说："对呀，是个好提议哦。看来我还是没学会。"

他笑笑说："这么多年了，你还是你，没变。好吧，价格按照我们谈好的，合同我签好了，周一财务会把钱转给你。我没看错人，穿白球鞋的女孩的确很靠谱。"

"谢谢你，老麦。这些都是你给我的，我不过是还给你。谢谢！"我走出了他的办公室。

"再会，一川！"老麦在我身后说。

我来到"天花板旅社"的前台。那是一个用好几块大的枕木做成的墙体，原始粗犷的木头镶嵌在金属的外框内，木头上挂了好多卡牌，上面写着："周某谨守'坚持'这一品性，在人生路上无论是何种境况，保持我的品性。""杨某谨守'不可思议'这一品性，在人生路上无论是何种境况，保持我的品性。"……不可思议的品性？我笑了笑。这"不可思议"的品性是什么意思？不知道这个人现在如何。我默默地看着，思索着。

我的旅社为来深圳的打拼的人提供最长一周的免费住宿，有7个三人间专门为这些人准备着。住上一周，不用花一分钱，但需要入住的人写出他（她）最核心的一个品性，和我们签订一个"协议"。总有一天，签订协议的人会明白这个核心品性为什么会如此重要。

没想到这个古怪或者说无稽的规矩，让旅店一直都客流如云。当时还有一个住过这里的人，在功成名就之后捐出重金，把他当年写的那张卡牌拿了回去。

我找到我写的那张卡牌："一川谨守'克制、相信'这一品性，在人生路上无论是何种境况，保持我的品性。"我把它拿出来，看了看，又放了回去，挂到木头上。融化在血液里的东西，是无须日日供奉的。我此刻就该继续相信，相信今朝，相信自己。

花了一个月时间，处理完这些资产后，我就要拿着不多的行李，带着钱，开着我挂"粤B"牌照的车，跟着今朝回重庆。

那是一个傍晚，我最后看了看我的家，这是我在这里辛苦打拼16年为自己建造的家。我的窗外有美丽的风景，会展中心、20多栋曼哈顿风格的写字楼、中心公园、高尔夫球场、深圳最高的平安大厦。我看着这一切从无到有，我看着窗外的无比繁华。这是30年来在以多少人的心血建设起来的充斥着欲望和爱恨情仇的繁华都市，我拥有这里的一处令人艳羡的豪宅。这就是我曾经觉得引以为傲的？不过是与我无关的欲望罢了。大千世界，我也想做一个随心所欲的疯子，那又如何？挣脱了来自别人、体制、欲望的束缚，也许你就自由了。

除了衣服，家里所有的东西我都留给买家了。买家是一个香港人，交房的时候他对我说："这么好的地段，这么好的小区，我看能升到15万每平方米。"我笑笑没说话。他说："一川小姐，你是做什么生意的？一个年轻小姐能拥有这么豪华的房子，简直让我有点好奇。"

我看着这个长得像沙皮狗一样的香港男人，说："我靠傻赚钱。"

他惊讶地笑，"哈哈，还有靠这个赚钱的呢？你在说笑吧？"

我笑笑说："是呀，我不傻就不会在房价低迷、这里除了鱼塘什么都没有的时候买这所房子。我不傻，就不会卖给你。你该庆幸我很傻，不是吗？"

　　我最后看着我的房子，我用自己的傻换来的房子。傻人就该干傻事。今朝都那么聪明了，我何必用眼睛去看、用头脑去分析？我只用跟着我的心，我的心要我回答："愿意。"我的心要我跟着他回去，因为他对我说，他需要我！还有什么比你当作天的那个人说需要你，来得无法拒绝？

　　或者说，我依然选择"相信"。

　　我把房间的门窗都关好，最后看了一眼那繁华的市中心，关上了房间的门。

　　天已经黑了，我们要在黑夜里赶路，因为这样能避免出城的拥堵。我打开车门，坐上车。车灯自动打开。今朝在我的前面，打着双闪灯，他说："你跟着我就好。"

　　是的，我跟着你。爸爸，我一直都跟着你。

　　此刻，车里的音乐声唱起："南山南，北海北，北海有墓碑。"

夜色越来越深了。

现在这段路前面再也不会有爸爸车尾的双闪灯了，只是我一个人在往前走。我已经下了高速公路，车开在国道上。路灯的光很微弱，来往的车不多，我开到60迈。我拍拍自己的脸，打醒自己。此刻我一个人带着夏河走在去往马尔康的路上。我吃了一颗口香糖，提提神。

前面有加油站，我看见远远的路上有一个中国石油的标志。在这样的路上，看见加油站最好就把油箱加得满满的，因为你不知道接下来会有什么样的烂路，会走多久。我看看时间，凌晨5点20分。天快亮了。我打了右转的转向灯，慢慢地把车驶向加油站。加油站的小哥半天才出来，我对他说，汽油加满。我熄灭了发动机，音乐戛然而止。我打开车的全景天窗，窗外的风吹进来，很清冷。我看着漫天的星星，银河仿佛就在面前，那么闪，那么美，我和你和他就是这里面的微小的尘埃。什么声音都没有的清晨，我听到了自己的心跳声，我要活下去。

加好油，我把车停在路边的停车区。我需要休息一下。我发动了车，关好车门。我和衣躺着睡一下。闹钟设置到8点50分，9点我要准时下单，融资部分必须等到9点才能填单。我打开手机，看到仔哥的短信：

> 钱已到账户，融资8000万，1.2分利息。祝好运。

时间是12点30分。

我心里想，潮州人真是讲信用，连钱到账的时间都有讲究，这样利息好按一整天算。

闹钟响起，我条件反射般撑坐起来。车窗外已经是车流不断了，不少车在排队加油。我打开股票交易软件，输入用户名和密码。我把全部资金分成10份，一份1000万。我在早已关注的创业板和中小板跌幅最大的股票里筛选出10只最有反弹可能，也最有可能持续反弹的股票，全部按照涨停板的价格下了买入单。

下完单，我习惯性地看看微博，"时间尽头的魔法师"的微博有了更新："早上好！我清晨跑了6公里。祝好运！"

我用手指摸摸他的头像，一个黑白的魔法帽子图标。想起他用耳语般的口吻对我说："记得今晚，忘记我。"我好像触摸到他温热的嘴唇。你一定已经忘记我了。记得又如何？忘记又如何？我笑笑。祝我好运吧。此刻，我要活下去！

　　我关上手机，喝了一口热茶，把面包拿出来啃了几口。音乐调大，弥撒的激昂让我有了能量。夏河，起来了！我们出发！

　　我开始走马尔康到色达的最后250公里，这是一段比较艰难的路途，一路上都是沿着一条河在走，全程都在修路，很多地方路基都塌陷了。我小心地开着车，突然觉得胃好难受，不得不停下车来呕吐。我开始以为是高原反应，停下车，喝了两小瓶葡萄糖水，感觉好一点，又开始继续开车，然后又停下来呕吐。我不断地停车，不断地呕吐，吐到吐出胃酸，吐出不知名的液体。路上的车越来越少，路越来越难走，我只能开到不到40迈的速度。一路走走停停，在这个沿着江的峡谷底部，手机一直没有信号。我想应该买到了吧，应该是在一片红色的海洋里面了吧？哈哈哈，一定是的！

　　我继续往前开，除了偶尔停下来吃点干粮，然后下车呕吐，就这样不停地赶路。天黑了下来，我用20迈的速度慢慢往前开。此刻的颠簸让我觉得我不是在路上，更像是在一条河里行舟。我坚持往前走，告诉自己天快亮了，一切都会好起来。

　　6点50分，我开车来到海拔3200米的地方。前面的车突然亮起了双闪应急灯，停了下来。我也把车停下来。进入这海拔在3000米以上的地方，气温已经有了直线下降，此刻气温只有2℃，我要穿着冲锋衣。也好，这样的温度，夏河不至于很快腐烂。

　　我熄了火，锁好车，下来看看前面发生了什么事情。前面的大卡车司机说："塌方了，隧道前面的桥路基塌了，今晚过不去了，要等抢修。"

　　我往前走了大概不到200米，看到右边是一个山的夹角，左边是一条河，河边有一个开场的石子坝子。前面是一道大约100米路基塌陷的桥。桥再往前，是一条隧道。

看来今晚是过不去了。我走到河边，坐在河边的石子上，看着天慢慢地发白，星星慢慢地失去光华。突然我看见前面河坝的路边停了一辆面包车，看起来非常眼熟，这时候我的手机突然发出"叮咚"一声，拿出来一看，居然在这里有信号了。我看五条短信，都是仔哥发出来的：

"你的仓位已经到了预警线，请在今日9点前汇入不低于500万的本金，否则公司会在集合竞价时强制平仓。急。"

当天大盘高开289个点，大涨7.8%，收盘涨幅收窄5.4%。我买的10只股票都在最高位买到，当天全线下跌，当天平均亏损12%~13%。因为我是按照1:4融资的，亏损到20%本金就全部没有了。

我一下又想吐了，但我已经吐不出来任何东西了，只吐出来苦胆水，嘴里一股很苦的味道。

一句他很久以前说过的话在我耳边响起："离开理性，人性就是非理性的，神话故事是这样说的：要怀着爱。只有非理性的你才能在别人闭上门户的时候，去接纳徘徊在瘟疫里的病人，他们是神的使者，他们出于感谢，会把你的房子变换成金色的殿堂，然后洪水会淹没其他所有人，你存活了。你选择打开门的时候不是出于判断和理性，而是出于爱。"

是呀，我分析的恐惧和分析出来的所谓底点，不过是我心中还无法理解这样的魔法罢了。

但此时此刻，我在想，500万？我哪里还能找到500万？

"哗啦哗啦！"剧烈的声音响起来，我听见很多人在喊："快退回去，又塌方了！"

我的头仿佛被什么"啪"地打了一下，我不由自主地滑倒，倒下去的时候我看到了那辆车，车牌号是"川V66228"。我心想，那不是停车场碰见过的那辆车吗？停车场的那位大爷说什么地方塌方，有人被砸死？什么？

什么……

我眼前一黑就晕了过去。

------ Yujian ------ Yichuan ------

我感到全身像被大石头压着，周遭紧紧地缠绕着纱布，强烈的压迫感在黑暗里压榨着我。我全身又湿又冷，被迫蜷缩成一团。后来，一股灼热的风吹拂过我的身体，让我似乎好受一点了，我想让风吹走那压迫感，吹暖我湿冷的身体，我不断地想要靠近那灼热的风，就算它把我吹成微尘。

黑暗里，时间好像又使我的记忆混乱，此刻我的记忆开始于黑暗里的一个梦。

------ Yujian ------ Yichuan ------

1986年，一个夏夜。那时我7岁。

嗡嗡，嗡嗡，老式的台式电风扇在床边的凳子上放着，对着我的方向，玩命一样地吹着风，发出烦躁的嗡嗡声。

好累，好热，汗水顺着我的头发往下流着。我躺在床上，床上铺着竹子编的凉席，因为天气太热，凉席都是温热的。空气湿度很大，整个空间就像是一个密闭的保温杯，而我就像保温杯里的豆子，整个人在发胀，难受，窒息一样地蜷缩在自己的床上。

眼皮沉重，我想睁开，想把汗水擦掉，想调整一下电风扇的角度，但我发现，动不了，一点也动不了。我睁不开眼睛，却能"看见"，能闭着眼"看见"。

我看见了一些光。

台灯开了，我用闭着的眼睛看到了光，看到了自己，看见我躺在床上全身扭曲着，不受控制地阵阵抽搐。我控制不了身体的任何一个部位，只觉得大脑清晰地看着身体在离开我，想摆脱我。我的身体剧烈扭曲颤抖，然而又如此清晰地感到平静。荒谬！

我在这一刻感到如此的平静，仿佛肉体逝去，灵魂解脱。大脑从来没有这样清晰。在这一刻，我甚至"看到"我满月的时候，外婆抱着我在轮胎厂家属区的老房子外转悠。那是刚下过雨初晴的天气，太阳还没出来，在薄云后面，微弱地发散着暖暖的光，漫天是青色又微微透着橘黄的云彩。我靠在外婆怀里，闻着雨后特有的青草和大地湿气混合的味道。

"一川，一川，醒一下呀，你不要死呀………"妈妈在急切地喊我，在急切地摇晃我。我很想说话，妈妈，我很想对你说话，想跟你说，我觉得很舒服，你不要摇晃我。但我的嘴里全是唾液和泡沫，舌头也不听话，我什么也说不出来，只能用闭着的眼睛"看着"妈妈焦急地用大拇指使劲掐着我的人中穴。

"妈妈，妈妈，我不想死。妈妈，快把我摇醒呀，像你生我的肉体一样，用力把我再组合起来。快呀，妈妈，我的思维和我的肉体分开了，快帮我组合起来！妈妈我求你了，快呀，我怕呀！"我在用力地喊，用我的大脑，我沉默地求救着，挣扎着。

我看见妈妈抱起我来，往门外跑。跑呀，跑。我看见医院的灯火，灯光重叠着，十字灯光符号在颠簸中不时地变化着。我看见急救室的门，我看见自己在抢救床上不断抽搐着，我看见妈妈哭泣着激动地推着我的病床，往门的方向跑着。戴着白色口罩的医生在为我注射药物，我被插上各种管子，身体慢慢地放松了，但是没有什么痛苦的感觉，只感到被剥离、被肉体抛弃的恐惧。大概这就是死亡的感觉吧。身体里面仿佛住着另一个我，在这一刻，我清晰地感受到这"另一个我"在平静地祝贺和等待这个时刻。

灯再亮起来，我动了一下我右手的大拇指，它听我的指挥了，轻轻地摇动了一下。我活了。

我活过来了，仿佛魔法师打了一个响指，游戏结束，我恢复正常。就像那些在魔法表演里面被锯子切成几段的人，魔法师最后会把割断的身体按照箱子原来的组合方式排列整齐，然后音乐响起来，柜子门打开，一个完整的人再次出现，掌声响起，久久不息。

属于我的音乐也响起来，医生把门打开，把拼装完成的我推出了那个门。不同的是，从那天开始，我的组合魔法开始每天上演，不，是每晚上演。

每次在夜里，精彩地上演。

医生对我宣判：癫痫。

我害怕夜晚，从那时候起我每晚都开着灯睡觉，以便于我在魔法上演的时候能闭着眼睛欣赏。不，不是欣赏，是自己主演。妈妈坚信我能自己摆脱魔法，我能自己解救和组合那些柜子，我能自己结束，我能自己表演，我能自己出来，我能自己谢幕。

她在我的枕头边放了一根很吓人的长长的钩针，每次我上演魔法的时候，她就拿着这根针，在我眼前晃动。她仿佛知道我身体里面的那个人能看见，尽管我闭着眼睛。我到现在还清楚地记得，那时候妈妈每晚守着我睡觉，总是在我上演这个魔术的时候，舞动着那根针，嘴里喊着："一川，一川，快点醒过来，不然妈妈要扎你了，我知道你能看见，快看我要扎了！"她一遍遍地喊着。

与其说我怕那个住在我身体里的另一个"我"，还不如说我害怕那根长长的针。

于是渐渐地我每晚都能自己完成这个魔术，自己开场，自己表演，自己谢幕。

我怕那根针。

住在我身体的那个"我"和我掰着劲，妈妈拿着那根针当作指挥棒，我像马戏团里的狮子，被操纵着去和怪兽搏斗。庆幸的是，我总能在最后掰赢了，如期醒过来。我自如地对付整个过程，并习以为常。

是的，我的妈妈是对的，我自己是可以的。6岁的我可以一个人去上学，穿过两条马路，从来不需要接送，下再大的雨都能自己平安回来。我可以一个人去40公里远的外婆家，转3次车。我自己一个人什么都可以，就像这个表演，我也可以自己开始，自己结束。

我开始了漫长的寻医看病的时光，脑电图，核磁共振……无数的医院，医生的最终解释是：外伤导致的颅骨闭合不完全，脑部血块引起的癫痫。在我出生的时候，因为难产，医院使用胎头吸引器械把我从子宫里取出来，在我的颅骨闭合部造成了一处损伤。颅骨未闭合就导致没有正常的颅压，导致我的脑部血流量很大，颅内压力不稳定，在颅内有一个不知何时出现已经凝固的血块。这个很小的血块，到了我7岁的时候，不知什么原因压迫到我大脑的某个区域，于是在睡眠状态特定的脑电波下，我就会出现癫痫。

此病无解，手术也无法取出来这个血块，只能听天由命，能恢复正常的概率为100万分之一。大概吧。也许医生这么说，或者我父母转述的这段医生的话，本来就是编造出来的吧，是为了安慰我，也为了让我好好吃药，好好去医院检查，也安慰他们自己。

于是，从7岁这个夏天开始，我要远离情绪波动，不能过于兴奋，不能过于开心或者难过，不论我的大脑是否在血流量巨大的身体里高速运转，我必须学会克制，在每天的任何时候。

　　我开始服用抑制大脑兴奋的药物，类似于现在抑郁症患者服用的让大脑兴奋的药物，我的药与其反之。

　　在夜晚到来的时候，我忐忑地等待那个魔法的开始和结束。我总在担心，万一我的表演失败了，我会不会死？我拿着那根针，我用它反复地扎自己的手，很痛，我要寻找一个身体最痛的部位，如果表演失败，我就要妈妈扎那里，那里最痛，我一定会醒过来。我每天躲在房间里，用这根针反复地试验着。我发现我的脖子最怕这根针，如果它对着我的脖子扎下来，我光是想着就会全身起鸡皮疙瘩，我把这个我自己找到"死穴"，写在一张纸上。

　　"妈妈，如果我醒不了的话，请na（拿）zhen（针）做出要zha（扎）我bo（脖）子的样子。"一个由拼音和字组成的字条，7岁的我用铅笔写好，用红色水彩笔勾出线，用剪刀小心地剪下来，贴在我的床头。我想妈妈一定会看见，在那个最关键的时候，在我要表演失败的时候，帮帮我。

　　整个魔法，从开始到结束几分钟。没有用过那个死穴，我妈妈从来没有使用过，绝大多数时候我都能自己逃脱。

　　我要自救，我能赶跑那个躯体里住的人，我不知道她从何而来，为什么待在这里，我只想控制，我只要能控制自己，要自己能控制的手、自己能控制的腿，自己能控制夜晚，自己能控制生命。我要笑，我要大笑，我要哭，我要大哭，我要神经亢奋，我要打碎这一切，就仿佛我并没有真正地出生，仿佛我一直是在妈妈的子宫里难产着，我在挣扎，我要出来，我要破坏。

我要成为一个活人。

我回忆着，这是我记忆里深刻的一个片段，仿佛歌曲放到我7岁的时候，被人删除掉了其余的歌曲，只剩下那首"睡吧，睡吧，我亲爱的宝贝"无限循环。

什么是活着？我不要表演，我不想要掌声，我不想要观众，我不想要舞台，我只想做我自己，做一个小小的孩子，一个妈妈牵着手去上学，爸爸下雨的时候会来送伞的孩子。我不想一个人去面对。妈妈你能不要让我自己从噩梦里出来吗？我真的好累好累，就想有个稳稳的家，你们在那里守着我的起点，终点。

不要拿着针对着我，尽管是为了救我。我宁可死在你们的怀里，也不想无力地站在那里，一个人面对黑夜里那个我看不见的人。

活着，你们告诉我，要坚强，要独立。虽然我是个女孩，但我首先要学会抗争命运。肉体要活着，用健康的肉体活下来，拥有一个自己能控制的健康肉体。这是你们需要的，你们告诉我要有健康的肉体才能活在这个社会里面。

要独立地控制健康的肉体，在这个社会体面地经营自己的方方面面，就是活着。

一如大多数人的生活方式。

脑电波异常，情绪异常，只要你自己足够强大，都可以用坚强去化解。

于是，我从小一个人去上学，晚上父母上夜班自己睡觉，自己的事情自己做，没有人温柔地搂着我。因为，我在挣脱那个魔法的时候，反复的医治、反复的发作，我已经耗光了父母的温柔。

这就是我生活的"花盆"，我在那个关键的时候选择了他们的活法，尽管死去是如此的平静和安详，但在那一刻，求生的欲望让我无法选择死去，我于是用活着的人的价值观作出了选择——让肉体健康地活着。

按照规定的方式活着，哪怕有无数个发病的黑夜等着我，夜夜考验我的意志。

我用自己的方式活着，每夜开始，每夜结束。我每天背着书包，心不在焉地去到学校，我不知道为什么要去那里，那里没有人告诉我为什么要活着，什么是活着。老师在讲一些知识，我什么也记不住。吃了药，7岁以后的记忆变得很差，仿佛一个被上了锁的抽屉，7岁以前的记忆留下来，其余的都留不下。

上课时，我总是不断地走神，我就这样混混沌沌地在学校混迹着。

我有一头微黄的乱乱的自然卷发，这样的自然卷无论怎么梳理服帖了，风一吹，就马上原形毕露。我的唇角微微上扬，不屑的表情老是挂在脸上，黑黑的双瞳是唯一让我看起来不太傻的地方。我有一双很大的耳朵，衬我小巧的瓜子脸，显得有些滑稽。我的下巴中间有个深深的竖线，像西方的石膏人物一样的下巴，在中国人的外貌结构里，显得有些怪异。我背着一个军用书包，里面放着一个铁制文具盒和几本书，还有我的药。

我在上学的时候老在想，我这是活着还是在那个夜里已经死了？什么是活着，什么是死了？我会不会在上课的时候突然发病？

我不能参加体育课，在10岁以前我基本没正经上过体育课，我就在操场旁边坐着，看着同学们的衣服和换下来的鞋子。不能上体育课是父母的要求，我自己想上体育课，我想要挣脱。

因为身体的原因，我没有什么朋友。女生不喜欢我这样不爱打扮不扭捏的女孩，而那时的小男生基本不和女生玩。

我想和男生玩。我想做个有力量的人，想要征服和控制。

一次，班上最有势力的一群男生纠集了10来个人在教室里打架，在激烈的对抗里，不知道谁在疯狂的奔跑中用手砸了一下黑板，那个黑板是用四块毛玻璃做成的，其中一块被砸得裂开了。打架的人全部停下来了，大家都不知所措地对望着。那个时候大家家里都没什么钱，要赔偿这么大一块玻璃，几乎没有人敢想象会被爸妈打成什么样子。男生全部站在那里，女生也停止了叽叽喳喳的对话。这是小孩子最怕的时刻——认错的时刻。

气氛僵持。

我快步走到讲台上，我像换了个人一样。这是我第一次对那么多同学说话。我对大家说："我们碰一下运气吧，反正这学期就只有两周了，下学期我们就要换教室了。只要老师在这两周里没发现这个黑板破了，那我们就解放了。"

男生问："怎么才能不让老师发现呢？"

我拿来颜料、粉笔、凳子，大家都在一旁帮我扶着椅子。拿着颜料，我站上椅子，用颜料和粉笔沿着裂痕的方向，画出我的第一幅黑板画。每块裂痕我都涂上颜色，大面积的裂痕我会画上小人和气球、花朵。大家都来帮忙涂颜色，裂痕用纸条涂上黑色墨水，用糨糊贴起来，就像抽象画的黑色勾勒线条，有粗有细。大家动作很快，10分钟不到，就完成了这幅"七彩校园生活"。

完美。几乎看不出来是块破黑板了，而是像一个几何图形的拼贴抽象画。

"叮叮叮"，铃声响起，上课了。

老师夹着教案来到教室，吃了一惊。看他的样子，对这幅画是惊叹，不是暴怒。还好还好。

老师问："谁画的？为什么不擦掉？"

我举手，站起来，"我带头，我们全班人一起画的，这是我们送给老师们的礼物，这是我们对美好校园生活的表达，希望这学期最后两周，我们每一个老师都能感受到我们对您和其他老师的感谢！所以，这幅画我们希望这两周内都不要擦掉。"

全班人为了烘托氛围，自发地全部起立鼓掌。

老师有些泪目地看着我们，几近哽咽地说："孩子们，你们长大了……"

那节课，我们上得温情脉脉。老师，男生，女生，我，一起沉浸在一种被自己制造出的温暖的氛围里。

那块黑板的秘密神不知鬼不觉。因为在暑假里，学校把全校的黑板都换成了塑胶黑板。

从那以后，男生接纳我了。我用自己的能力为争取到了自己能控制的局面，自己能控制的课间10分钟，那可以没有人监管的疯狂地玩的10分钟。我一下课就换作了另外一个人，我疯跑在学校的后山，带着几乎全班的男生，我带着他们去后山探险，我带着他们从二楼的窗台跳到后山的草地上。我们去后山抓蜥蜴，摘桑葚。

我开始喜欢白天，至少白天有几个10分钟是我自己能控制的能享受快乐的时间。够了够了，有这个，即便有那些不确定的黑夜，我也坦然了，至少在入睡的时候不会过多去想那个要控制我的魔法，而是去想明天又可以和朋友们一起疯，一起流汗，一起玩。我激动万分地期待天明。

小小的人，第一次庆幸活着真好。有健康的肉体，能自我控制地活着真好，什么也不去想，只要应付过这个黑夜，白天我就自由了。不用惧怕晚上那不确定的10分钟，老天对我还是蛮好的，白天给了我好几个10分钟作为补偿。

7岁的我窃窃地欢喜。

那年冬至。

这是一个很冷的冬天。重庆的冷，是很彻底的冷，从里到外的冷。

我们总是穿的很多：秋裤、毛裤、棉裤；秋衣、毛衣、再一件毛衣、棉衣。那时候若有同学穿着一种叫作滑雪衫的外衣，就是最时髦的同学。

我一如既往地顶着一头乱乱的卷发，蓬松的头发像帽子一样，给我的头带来暖意。那时候的我不穿棉裤，我一如既往地不愿意被束缚，我没有棉衣，更没有滑雪衫。我穿着一件姨妈用毛线给我编织的大红色短大衣，她用红色的毛线给我织了一条腰带，系在大红色的羊毛短大衣上，配合我苍白的脸色，卷卷的微微发绿的头发，让人们都管我叫"小老外"。是的，我是异类，我是一个病人。

那时候我们班有个叫晓岗的男同学，他总穿同一件棉衣，胸前的衣服上都是污浊的油迹，袖口都是鼻涕印子，很脏。我们的教室不到60平方米，里面有40多个学生，冬天都关着窗户，空气浑浊，从他旁边走过，你会闻到他身上散发出的酸酸的味道。大家都不喜欢他，给他起了个外号："粪坑"。老师有次从他旁边走过，闻到了很难闻的味道，皱起眉头，"晓岗同学，你怎么半个月都不换衣服？要讲文明爱卫生哦。"李晓岗很委屈地说："老师，我有换，我每周都换。"老师说："那怎么每天看见你都是穿这件衣服？"李晓岗低声说："这是我妈妈去批发市场给我买的衣服，因为买4件就是批发价，妈妈就给我买了4件一模一样的衣服。我妈妈在县城上班，一个月回来一次，我每天选一件看起来比较干净的衣服穿，等我妈妈回来再帮我全部洗掉。老师我说的是真的。"晓岗哭了。

老师说不出话，过了一会儿，说："晓岗同学，坐下来吧。同学们，晓岗同学的妈妈长期在外，不能照顾他，大家要多多帮助他呀。"说完，老师拍了拍晓岗的头。

晓岗一直低着头，哭泣着，用他本来就很脏的衣袖不断擦着眼泪、鼻涕。

同学们，依旧不和他说话，依旧避开他的位置，依旧叫他粪坑。

人性很奇怪，趋利避害仿佛是刻在血液里面的。孩子的世界其实是最残忍的，因为孩子越小就越不懂得掩饰血液里面的自私，冷酷，他们会直接地说："要！""不要！"他们对会给自己带来痛、累、苦的事物，会给予直接的拒绝。没经过文明训练的孩子不会在讨厌你，而你也不能给他任何好处的情况下，主动亲近你。他们要么臣服于某一个人的拳头，要么臣服于某一同龄人讨好大人的本领，要么崇拜某一个人会带来乐趣的本事……..

我和"粪坑"一样，都是异类，都是被孩子们排斥的人，是无关紧要的，在这个小集体里可有可无。

我也乐得可有可无，只要能自在地过自己的白天，能在白天蓄满活下去的斗志，就好了。朋友是什么？我没有过，不知道是什么。也许朋友就是一起流汗、一起疯跑的人吧？

这个冬天真的很冷，我在夜里感到透彻身体的寒意，我想拉起被子，想把整个身体钻到暖和的被窝里面，好沉，我动不了，无法控制自己。我看到身体在剧烈抖动，感觉不到身体在哪里，我只能看见自己在床上抽搐。妈妈在喊我，在用针吓我，指挥我和那个拉着我的手的奇怪的人搏斗。我累了，我扳不过她了，妈妈。就像陷在流沙里面，再怎么挣扎也无法自拔，我一松手，溃不成军。

我不想看了，看不清楚了，我就等着那流沙淹没我的头顶吧。灯光亮起的时候，我睁开眼睛。我活了，在熟悉的医院急救室里。我想问：我还能活多久？

我看见医生把我放到病床上，推出急救室。咔哒一声，门被推开又关上了。我拉了拉盖在我身上的被子，尽量露出我的脸。

我想：还好，我的脸露在外面，如果推出来的时候被子盖着脸，我就是死了。我笑了，还好，还好，我没用被子盖住脸，我还可以看见妈妈焦急的眼神，看见爸爸在和医生谈什么，看见一个和我差不多大的穿红色滑雪衫的小女孩站在过道旁边。她扎着一个马尾，准确地说，她穿着一身玫瑰红的滑雪衫，脸色绯红，大概是发烧了。她靠着墙站着，牙齿咬着下嘴唇，眼睛看着脚尖，一动不动的。她看起来那么面熟，我迷迷糊糊地看着她。医生把我的推床交给护士，说："病人一川，把她推倒13号病房。"

听到我的名字，那小女孩眼睛动了一下，像打开了可以活动的开关，眼珠子一下往我这边转过来。她喊了一句："一川？你怎么插着这么多管子？"

"夏河。"我叫出她的名字。

她是我班上的班长，成绩最好的那个，个子最高的那个，人缘最好的那个，长得最漂亮的那个。如果晓岗属于"粪坑阶层"，她就是公主阶层。后来有一句罗大佑的歌词，我每次听到就会想起她："你是造物的恩宠。"是的，她是造物的恩宠。我很少和她说话，没想到这里碰见了她，在我最难堪的时候。我有些不好意思，心想，还不如是用被子蒙着脸出来的。

她走过来，用手扶着我的床。她冰冷的手指碰到了我打着点滴的光光的手臂上。她说："你被推去哪里？"

我说："医生说要推我去病房。"

夏河说："你怎么了？"

我不想说关于我的问题，"你呢？半夜在这里干什么？"

她快哭出来了，她轻声说："我好冷，妈妈晚上一直在吵架，那个叔叔摔门走了，我突然发烧了，妈妈就把我送到这里，她让我在这里等着，等她送钱来看病。她还没来，我害怕……"

她一下拉住我的手，她冰冷的手把我的手握得好紧。

她跟着我的病床，慢慢地和我一起到了病房里。护士给她量了体温，39.8℃，因为要等她父母来，就给她喂了退烧药，叮嘱她多喝水，在我的病房里等父母来办手续。

夜里好冷，她吃了退烧药，有些难受地坐在我的床旁边。

我喊她："你到我的床上来吧，我们一起躺着等你爸爸妈妈。床很宽的，把护栏打开，就可以睡在一起，不用担心会被挤下去。"我像一个这里的熟客一样，把床两侧的护栏拉了起来。我往右边挪动了一下，把打着点滴的右手放到一个安全的位置，把床的左边空出来留给了她。

夏河轻轻地掀开被子，脱下玫瑰色的外套，在我的旁边躺下来。

我突然觉得这样好好。我们这一代都是独生子，没有和同龄人睡在一张床上的童年，我和她都感到床怎么可以这么大，我们仿佛陷在一个温暖、安全的地方，相依为命。

我住的是一个双人间病房，一个病房有2张床，我是13号床位，14号没有人住，上面空空的，没有放被子枕头，只有一张白白的床单，床单中间有一个洗得褪色的红十字标志。病房的墙体有些斑驳，我的病床旁边有两扇大窗。医院是20世纪60年代修建的，大窗周围用白色的木线条做了窗框，一扇窗户虚掩着，风不时吹动白色的麻质窗帘，露出外面黑黑的冰冷的夜晚。

我侧着头，看到夏河微微抖动的睫毛。她的脸在侧光的映衬下，看起来好像有一层粉红色的光，上面有细小的绒毛，让柔美的光晕凝固在她的脸上。我屏住呼吸，怕细微的空气颤动都会打扰到她与生俱来的美。我感受着这近乎神圣的氛围，一如在佛堂参拜的那份虔诚和敬畏，为这种肃穆的美。

如果说日后的信仰是为了内心的平静，能让我审视内心，驯服自己的恐惧和欲望，那此刻的感受，就如同参拜，让我在这一瞬间什么都忘记了，只是在这一秒的时间里，我感到我被组合在一起了，身体和心智。我微微侧着头，静静地看着她脸上的光晕，任凭时间在此刻流淌，感受那份美。

美是什么？

美能让你忘却自我，在那一刻你内心被感受到的景色深深打动，你感到了这种完全消除了自我的美。

后来当我站在雪山之巅看着金色的阳光在白雪上辉映的时候，我完全无法形容和记录那种感受，那时我才理解当日看到夏河的时候，我已经在那一刻忘却了自我，用自己的心，感受到了美。

站在美的面前，没有任何的欲望，才能获得最完整的感动。

夏河的嘴唇动了一下，"人都会死吗？"她问。

"是吧。"我说，"你害怕吗？"

"我怕。我妈和叔叔吵架的时候，她总是对他喊：'你去死吧！'我想，死应该是最狠的诅咒了。我好怕死，死了会埋到土里，会很黑，很多虫子会钻到你的身体里。"她轻轻地说。

"不会，人老了才会死。我和你这么小，不会就这么死掉，我们会慢慢地适应，等我们适应了，才会变老，做完了我们最开心的事情才会死掉。我是这样想的。"我望着天花板，自己胡乱说着。

"你怕吗？你怕死吗？"她问，"你插这么多管子，你是快死了吗？"

"我习惯了，怕也没用。这样吧，我以后叫你老河，你叫我老川，我们从小就开始适应老，就不会怕死了。也许吧。"我看见天花板上有一团淡黄色的水迹，很像一个图形。"你看，那块水迹像什么？"我问她。

"像一个川字，老川!"她说。

"我觉得像一条河，老河。"我笑了。

"川也是河呀，你是河汇聚成的，你看川字两边是岸，中间就是河了。"她说完也笑了。

"是呀，你是一条河，我也是。"

我们看着那水迹默默想着。

"老河，你觉得天会塌下来吗？"我问。

"老川，放心吧，天塌下来还有天花板呢。"夏河不在乎地笑笑。这句话，让我后来在深圳办青年旅社的时候用"天花板"做了名字。是呀，不要害怕天会塌下来，至少还有天花板呢！为来深圳追求梦想的人搭建一个天花板，一如夏河当时对躺在病床上的我说的这句话一般，虽然语气轻飘飘的，但却给了我勇气。

她轻轻地说："你怎么那么会画画？悄悄告诉你，我是一朵被偷出来的格桑花，我有一天会回到我的王国去。那个时候，你去帮我画一朵格桑花好吗？"

她开始轻轻地唱："一个是水中月，一个是镜中花，若说没奇缘，今生偏又遇到他……"电视剧《红楼梦》在那个时候刚刚上演，她只会唱这一句。她一遍一遍地唱着，轻轻地哼着这曲子，我睡着了，沉沉地睡着了。以后我每次看到电视剧《红楼梦》的片头出现的那块石头，都会想，我和夏河是不是也是某块石头上刻在一起的一个故事？

醒来的那刻，我看见夏河睡在14号床上，她的外婆晚上来给她办了住院手续。我喊了一声："老河。"

"老川！"她一下子睁开眼睛，转过头看着我，"我早醒了，等你呢，老川！"

这样的称呼就像两个小孩，带着大人的帽子，不和谐地在人群里面走来走去，特别滑稽，但又显得如此亲热和特别。

我从那天起，和夏河开始了我们"秤不离砣"的日子。从那天开始，我有了我人生中唯一一个朋友——夏河。只要和她在一起，什么都不用说，什么都不用做，只看着彼此，就会感到莫大的满足。也是从那天起，她的妈妈再也没有出现过。据说他妈妈在那一夜和那个陌生的叔叔去了很远的国家，不回来了。

她是半个藏族人，她的爸爸是一个藏族汉子。她爸爸是采集野生菌的，在一次山洪中丧生了。她当时还在妈妈的肚子里，而且她的爸爸妈妈并没有正式结婚，她的妈妈是背着家里人和这个英俊的康巴汉子同居的。就这样，她成了一个遗腹子，一个没有名分的遗腹子。

夏河告诉我，她爸爸摘的是当地的菌王，叫金刚菌，就像金刚经一样，人们信奉这种菌的神奇功效，给了它这个千古不灭的名字："金刚"！这些都是夏河的妈妈在心情好的时候告诉夏河的。夏河说："我爸爸是村里唯一能找到金刚的人，爸爸在梦里反复对我说，在乡城的大山里，最高的松树下面，有白蚁的地方就有金刚。"

她没有见过她的爸爸，爸爸给她留下来的唯一一件东西就是一块绣了一朵格桑花的丝质手帕。据说那是她爸爸知道她妈妈有了孩子的时候，去好远的县里拿一头羊换的。爸爸，在她心里那是最圣洁的称呼，她心里的爸爸是有高高的个头，黝黑皮肤的男人，会把她抱起来在半空中飞翔。她是他永远的格桑花。

夏河的妈妈是一个很吸引男人的女人，她身上有一种少妇的古典与情欲相融合的风韵。她骨骼很小，充满肉感的身体却那么端庄，脖子长而白皙，一头乌黑的长发总是梳成一个发髻，随意飘落下来的几根青丝散落在雪白的肌肤上，脖子上细细的绒毛仿佛让人可以嗅到充满诱惑的体香。她的脸颊有一点婴儿肥，一双丹凤眼好像永远在幽怨地看着人，说话的时候总是含情脉脉地咬下唇。

在这个世界上，美丽的女人总会吸引很多想要占有她的人。夏河的妈妈几乎不断地遭到各种男人投来的或者轻浮或者暧昧的诱惑。一个美丽的寡妇带着一个小女儿，在那个年代，一个女人带着这么个没有名分的孩子是很难生存下去的。最后她的妈妈总算找了一个可以依靠的男人，但那个男人坚决不要夏河这个拖油瓶。在无数次的争吵后，女人妥协了。

于是，夏河被留下来了，留给了外婆。她外婆几乎不怎么管她，因为由于她和她妈妈，这个贫穷的家庭没少被人戳脊梁骨。外婆总是看着她叹气，可除了叹气，还能做什么呢？

夏河是一个很懂事的孩子，她从来不去问外婆妈妈去哪里了，也不会做任何会让别人生气的事情，她总是试图把自己做到最好，所以她一直是我们学校成绩最好的孩子。夏河告诉我："老川，我长大了要当一个女法官，法官你知道吗？是给人判案子的，是最公平的，你有什么不平都可以去找大法官，她会给你公平！最公平！"她加重语气又重复一次，"是最公平的人！"

是的，夏河，我知道你觉得不公平，很多事对你来说是那么的不公平。你那么优秀却没有自己的家，没有爸爸妈妈。不过你有我，你在哪里我就在哪里。

公平，也许是要你坚信你的忍耐最终会让不合理的事情消亡。在我12岁的时候，如医生所说，我成了100万分之一的那个人。我的病好了，就像一个噩梦戛然而止，我突然就不需要每夜自己变魔法了。医生检查后说："血块消失了，应该是青春期二次发育后，被吸收了。你康复了！恭喜你！"

我没有特别高兴，也没有特别庆幸，因为长时间的保持情绪稳定，已经让我能很好地控制我的神经，让我不会太过情绪化。我回到家，把那根针拿到我家后院，挖了一个深深的坑，把它埋了，盖上了厚厚的土。我在土上放了一块鹅卵石，然后为我自己的前12年，默哀了10分钟。

　　就这样，我和夏河上一样的小学，一样的初中，我就像夏河的另外一半，有她的地方就会有我。在我记忆里，和她在一起的时光是我人生最快乐的时光，我总看见她在微笑，她无论何时都像鼓励我一般，对我微笑。

　　我和她考入了重点高中。她的成绩是全区第一名。放榜那天，大家都围着夏河，她笑得那么快乐。到新学校报到注册那天，人好多，都是父母带着孩子来的。我在学校门口等夏河。等啊等，人越来越少了，最后只有稀稀拉拉的几个人在校园的路上走着。我在树荫里站着，不断地望向学校门口的位置。一个穿着白色裙子的身影出现了，我对着那方向大喊："老河！我在这里！"

　　是夏河。她拿了一瓶水跑了过来，刘海一缕缕地黏在她的额头，汗水在她的鼻尖上亮晶晶的。她看起很决绝的样子，像做了什么重大的决定似的。她把那瓶水递给我："老川，拿着，这是门口招生处发的矿泉水。你渴了吧？喝吧。"

　　我接过她递过来的水，问："你怎么才来？我看到已经分班了，我在一班。你快去注册吧，但愿你和我在一个班！快去吧，老师都要下班了吧。我陪你去，走。"

　　我牵着她的手，拉了她一下，她没动。我又拉了她一下，她还是没动。我回头看着她，问："怎么了？出什么事了？"

她看着我，笑了，"老川，我要去工作了。我外婆病重，单位体恤我家的情况，给我一个工作的名额。是铁路局哦，我要去当信号工了。我外婆没什么愿望，就想我有个稳定的工作，她快死了，我也没钱继续读书了。"

事情来得太突然，我一下还不能反应过来。

她说："没事，现在好多大学生还不能进事业单位呢，我想好了，去工作，我也就自由了。你好好读书，我好好挣钱。等我挣钱了，单位分了房子，你就和我一起住。"

我继续拉着她往楼里走，我说："不行，夏河，你是要当大法官的呀！你忘了吗？"

夏河一下子挣脱开我的手，我看见她眼里满是泪水。她看着我一字一顿地说："一川，公平并不是总会往你期待的那头偏移的，你明白吗？"

她把水塞到我的手里，转头跑开了。

我看着夏河跑出了学校，她扎的马尾辫随着奔跑的节奏飞扬着。我眼里装满了泪水，隔着泪水看见她的身影像一团白色的蒲公英，随着风越飞越远。

然后我们就不得不开始各自的旅程。我们约定每天寄出一封信，这样我们每天都能收到一封信，就像每天都能看到对方一般。三年的时间里，我和她几乎没有间断地写信，我们用各种新奇的方式给对方惊喜。有时候我会把信写在树叶上，有时她会用废旧的火车票给我留言，有时候我会拿纸巾给她写信，我甚至用布片绣了一封"信"给她。我收到她给我织的一件毛衣，穿了好久才发现一只袖子长一只袖子短。那是她第一次织毛衣。

我们用这种坚持表达着我们最朴实的情感，就像我们一直在一起，没有时间和空间能把我们分开。这些信件一直装在一个古旧的箱子里，经历了我的若干次搬家依然保存完好。在我心情低落时，我会拆开一封信来读读，想想那个时候的她是什么样子，回忆起那个时候的美好。那时的生活虽然艰辛，但因为有她的信和笑容，让我觉得那段记忆一直都是晴天，甚至把冬天或者秋天的记忆都自动删除了，夏河的形象在脑海中定格为那个穿着白裙子，扎着马尾辫的少女，决绝地把矿泉水递到我的手里。

时间过得很快，我考上了艺术大学，夏河离开了铁路局去参加当时航空公司面向社会的招聘。那时候，19岁的夏河出落得像是在发光，她就算站在人群里，你第一眼就能看到她。她有着一米七五的身高，继承自她妈妈的白皙皮肤和一头及腰的黑色发亮的长发。长期在铁路上步行数十公里勘测信号灯使她有一双浑圆修长的大腿，配合匀称修长的骨架，使得肉感与健美和谐一体。夏河还有着混血儿般精致的容貌：西方人挺直的鼻梁，深陷的眼窝，纤细的下巴，配上西藏人特有的狭长丹凤眼，东方人浓黑的睫毛，肉感的细腻红唇，笑起来眼角有两个笑窝，十分具有风情。

后来在和她同事的饭局上，听来颇为经典的一段故事。据说夏河去航空公司面试那天画了淡妆，穿着规定的红色旗袍，披着乌黑的秀发，在一大堆面试者中一站，对着一排主考官盈盈一笑。主持招聘的航空公司副总正不在意地坐在那里翘着二郎腿和旁边的人说话，夏河的这一笑，让这个40多岁的男人一个趔趄，差点坐到地上。副总半晌没有说出话来，在夏河的名字下面画了一个圈。夏河的同事们大笑着，说他画的那个圈圈还是个桃心形状的。

这就是夏河，一笑倾人城，再笑倾人国。我的大法官。对造物者的恩宠来说，公平也许不需要法庭宣判，只需要她微微一笑。

依靠出众的外貌和几乎满分的文化考试，夏河成为一名空姐，有了一份在当时收入和关注度都很高的职业。她飞重庆到北京的航线。

在那个时期，我父母离婚，爸爸自杀未遂。我一个人照看昏迷3天后清醒过来的爸爸。记得那是一个下午，我把出院的爸爸接回家，把他扶到沙发上斜躺下。这时今朝的5个弟弟突然来了，带着他们的各种理由。他们告诉我："婚离了，你和你妈就得滚出去。家里的房子和所有东西都是今朝的。今朝是被你妈害死的，你也赞成你妈和你爸离婚，所以你也是害死你爸的凶手！家里的财产你妈和你一分都没有！"我拼命地想把他们赶出去，可他们打我，把我的头发拉着往外面扯。我疯狂地抓他们，他们五个人把我推出门去。他们说，如果今朝醒过来是傻子了，那这个房子就给他养老，他们兄弟的家里不可能给今朝安排住处，所以我和我妈有多远滚多远。他们说："告诉你，法院判的都不算，家里的东西都是我们家的，我们帮你爸爸接管！你们什么都得不到！"

爸爸看着他们推我，打我，骂我，但一句话都没有说，也没动，就像这一切都与他无关一般。

我站在铁门外面，看着他们在门里面，在我的家里把烟头扔得到处都是。我指着他们说："我发誓，我永远不会用你们家的姓，也永远不会跨进你们家门半步！"

从那天开始，我就没有姓了，我就叫一川。我没有父母，我是自己的主人。我脸上很痛，我转身跑了出去，我身无分文。我没哭，就在大街上一直走，我不晓得我该走到那里？我在黄角坪的街上缩着头走着，漫无目的，一头卷发被风吹得老是迷住眼睛，头脑都是空白的。

我站在长江边上，看着浑浊的江水滚滚地流着。我找了个石块慢慢地坐了下来，蜷着身体，把头埋在膝盖中间。

好冷。我该去哪里？

天渐渐地黑了下来，我眯着眼睛，看着江对岸的灯光。每盏灯后都是一个家吧？我的家在哪里呀？我大喊着："不公平！为什么对我这么不公平？每个人都有家，可我的家在哪里？"

不远处，有灯光在晃动，有人在喊。

是手电筒的光。

"一川，一川！老川！老川！"

是夏河。

我听到了夏河的声音，我朝着灯光跑过去。

是夏河，她拿着手电筒在河岸上找我，她大声地喊："你要吓死我吗？我到处找你，你要吓死我吗？"

她扑上来，拉着我，用力地摇动我，"我到处都找了，还以为你出事了！你怎么不打电话给我？"

她用力地抱着我，我一下子哭出来。我抱着夏河，我说："夏河，我怕。我难过呀……"我使劲地哭着，好像那么多年来的克制在这一刻全部释放出来。

她紧紧地抱着我："你还有我，你还有我。你不是说你爸爸今天出院吗，我今天一下飞机就赶来了，在你家见到他们了……我到处找你。不怕，有我。"

她扶着我，我虚弱地靠在她身上。她拍拍我的脸说："活起来，我带你去我的宿舍，公司分给我一个小公寓。"

"跟我回家。走。"她牵着我的手，她的手柔软却有力，像个男人一样。我跟她回到她新分到的公寓里。公寓在一栋老楼里，2楼。楼道里没有灯，很黑。她摸索着拿出钥匙，打开门。

房间不大，大约20平方米，还带一个小阳台，阳台上有木质的椅子和一张小桌子，还有一个不到4平方米的卫生间。地板是老式的木地板。房间里放着一张1.2米的床，一个简易的衣柜。衣柜的门半开着，内衣和丝袜挂在门上。

夏河问："你明天有课吗？"

我不知道该坐到什么地方，只好木然地站在门口，看着她娴熟地换衣服。她是来得太急了，还穿着上班穿的制服，现在回到这间屋子里，她才匆匆地换下来。

她把制服用衣架挂起来，穿上一件白色的睡衣，转过身来对我说："我明天中午飞深圳，晚上就回来。你如果没有课，就在家里好好休息一下，等我回来带你去吃好吃的。如果不晚点的话，应该来得及。"她看看我说，"你怎么了？不说话也不动。"她拿手指点了一下我的鼻子，又说，"饿了吗？家里有点我从北京带回来的烤鸭，还有头等舱的红酒。惊喜！"

我笑了，她总是能给我快乐。

我突然被胃里传来的饥饿感控制了。这样也好，我就不会想那么多无法控制和改变的事情。

她打开箱子，拿出真空包装的烤鸭。我在小阳台的椅子上坐着，她用空姐的标准手势把鸭子放到我面前，然后忍住笑俯下身来问我："先生，请问您需要红酒吗？"

我看着她说："需要！老爷今天要和你同醉！"

她大笑，说："这不好吧，先生，这是工作不允许的呀！"

等她玩够了，就坐下来，我们看着熙熙攘攘的夜色，在这个破旧但可以遮风避雨的老房子里吃着烤鸭，喝着夏河从头等舱带回来的红酒。那是我第一次喝酒。酸酸的感觉刺激着我的味蕾，鸭子的肥腻很好地中和了那种酸涩。一瓶红酒下肚，我和她都微醺了。

夏河说："困了吗？老川，来，我带你去洗洗，你就穿我的衣服好了。"

卫生间里没有热水器，只有两个八磅重的热水瓶和一个大桶。夏河说："把衣服脱了进来吧，我这里只能简单冲洗一下，没有热水器，也没有煤气，水是我早上用'水乌龟'烧的，只有一个桶。我们一起洗吧，我来帮你舀水。"

夏河站在浴室外面，脱掉了睡衣，穿着一件白色的棉质吊带背心和白色的有蕾丝花边的内裤。她干练地挽起长发，把热水倒在大桶里，再加入冷水。她边摸着水温，边喊我："一川，快来吧。"

我脱了衣服，把我的卷发全部盘起来。我看见雾气在升腾，夏河的脸红扑扑的，微微的汗水把她白色的吊带背心前胸打湿了一片，紧紧包裹着她的乳房。乳房结实而饱满，像两个木瓜一样挂在她胸前。我脱光了衣服站在她面前，她嘻嘻地笑，笑着唱："我的爱，赤裸裸！哈哈哈！"我就用水浇她，她不停地笑，白色背心打湿后透出她粉红色的乳晕，显示出完美的少女曲线，两条结实的大腿半蹲着。此刻她的长发全部散落下来，及腰的黑发飘落在她身后，随着她的动作不时地摆动，交错的瞬间露出她圆润的臀部。她蹲在旁边，让我在小凳子上坐下来，用一个大的搪瓷碗舀水浇到我的背上。她拿出香皂涂抹在她的手上，然后她均匀地涂到我的背上，肩膀上，脖子上。浴室里香味熏蒸，我的酒气让我微微有些眩晕了，我觉得好舒服，于是闭上眼。她的手很软很滑，慢慢地抚过我的肩膀、手臂，开始搓揉我的乳房。她从我身后不断地轻轻搓揉着我，手上全都是香皂的泡沫。她贴在我的背后，柔软的乳房紧紧靠在我的背上，我能感觉到她的乳头在我背上摩擦。她附在我耳边，呼出热气说："一川，你想要得到快乐，就要学会制造快乐和交换快乐。我们那么美好，不该流泪。"

她的头发落在我的身上，头发上有好闻的带着甜味的少女清香。我闭起眼睛用鼻子去感受她的美。她结实的大腿紧紧地靠着我，双腿不时夹住我的身体，紧紧的。我转过身去，看见她已经脱掉了全部的衣物。她的皮肤光滑，因为酒精的原因，呈现出粉红色。她的嘴唇娇艳，双乳圆圆地挺立着，乳头像粉红色的小樱桃挑逗地坚硬着。黑色的头发散落在她身上，长及臀部，衬托出她的雪白的充满风韵的身体。

夏河用迷离的眼睛看着我。

……

那是我生平第一次感受到身体的欲望与极乐。在我最悲痛的一天，夏河带我感受到人间的极乐。是的，我蜷缩在温柔的被子里，默默地看着她。她深深地睡着了，裸露的肩膀在被子外，深深的锁骨窝尖锐地出现在她羊脂玉一般的身体上，显得那么真实，随着她的呼吸微微起伏着。

是的，我们这么美好，不该落泪。

清晨，阳光透过黄角树投射到我们的身上。夏河支起半个身子，在床边点了一支烟，她玩着我的卷发，喃喃地说："一川，我们都没有爱的能力，只能制造快乐然后交换快乐，仅此而已。"

我躺在被子里，紧紧地抱着枕头。我说："是吗？"

她吐出烟圈，"爱是天真的人才会有的秘密。不是吗？"

她拉了拉被子，盖住她的身体。她说："老川，我可能很快要离开这里了，也许很久都不会回来。"

我抬起头望着她问："你要去哪里？"

她把烟蒂放到床头的空酒瓶里，说："我认识了一个男人，一个比我大 12 岁的男人。他是哈尔滨的一个商人，在北京上海都有很多的产业。他能提供给我很好的生活，让我继续读书。"

夏河摸摸我的脸，欢快地说："告诉你，就在北京，我在一个月前和他做爱了，你知道吗？当他看到床单上的血迹，抱着我哭了。一个大男人，哭得像个孩子。他说我是第一个把初夜给他的女人，他要一生对我好。"

我问："你爱他吗？"

夏河顿了顿，继续说："我没有爱的能力。一川，我只晓得和他在一起，能得到我想要的生活。我懂得制造快乐付出快乐，然后收获我想要的东西。曾经我也天真过，但又有什么用？生活就是这样，你要活下去，就必须拿自己去交换。上班交换的是你的时间和生命，换来只是勉强糊口。把爱当作一种技能，付出的是你制造出来的快乐，得到的是舒适的生活，所以又有什么不同呢？我没想过以后，我只想这样对我最为公平。知道吗？如果有一天爱降临到我们身上，那对方一定是一位魔法师，一个能带我们逃离现实的魔法师。"

我长久地看着她，没有说话。

之后，我办理了停学手续。我已经缴纳不起学费了，也不想再去麻烦任何人。我要拿什么和生活交换？我有什么呢？我反复地想我有什么本事，我把所有学到的文化知识全部倒出来，发现我只会两样东西：克制、相信。

克制，是我幼年的疾病和药物带来的，我习惯了这样的自我保护模式，我总是能把欲望降到最低，保持清醒。相信，是指无论我遭遇什么样的打击，我总是相信活下去会是美好的。我相信今朝，相信夏河，相信每一个跟我许诺的人。因为我是那个幸运儿，那个能在100万分之一的人群中康复的小孩，所以我的"相信"就像一种融入血液的本能。

这两样东西能让我活下来吗？我不知道。

夏河笑笑，看着我，"一川，闭起眼睛，关上耳朵，听听你的心，你的心觉得能，你就一定能！"

我和她站在阳光下，闭起眼睛。暖阳照到我的身体上，让我放松，让我快乐。鼻腔里闻到熟悉的大地的味道，我觉得幸福。我睁开眼睛，看到夏河脸上那一贯清澈的微笑。我说："夏河，我想去深圳。"

2002年，夏河去了哈尔滨，我去了深圳。她笑着指着地图说："你去了鸡脚，我到了鸡冠子。哎，坐几乎最远的一趟飞机才能来看你了。"

离开家的时候，我拖着一个夏河给我买的行李箱，兜里装着我攒的一点钱，和夏河挥手告别。

------ Yujian ------ Yichuan ------

夏河，和那个得到她初夜的男人去了哈尔滨。那是个冬天很冷的城市。他为她在那里的大学办理了正式的入学手续，安排了一栋豪华的巴洛克风格的老式别墅给她住。这个房子像一个敦厚的有历史的家，壁炉里有烧得很旺的柴火，墙上有家人的很多照片。男人知道夏河最喜欢的就是格桑花，于是在近800平方米的

花园里种了一大片格桑花，花朵都是从西南地区空运到哈尔滨的。迎接夏河的那天，满院子的格桑花让夏河对男人报以莞尔一笑。夏河注意到花朵下新培的土。一周后，花就全部凋谢了。夏河没让男人知道，她安排工人把花换成了长青的灌木。她知道，她是制造快乐的，有快乐，就有交换的价值。当有一天她只会制造麻烦的时候，这种生活也就结束了。

院子里前面有一条小河，河边是一个私家码头，冬天河面就结冰了。夏河总是玩笑般告诉我："一川，那条河就是我。等河水干涸了，我和他也就结束了。"

时间匆匆，夏河在每天上学、陪伴男人的日子里，渐渐觉得日子就该像门前这条河一样，慢慢流淌。男人对夏河说："给我生一个孩子吧，有了孩子我们就结婚。"夏河看着男人，心里更多的是服从和体恤，她像以往一样，不反抗也不给人添麻烦。她默默答应了，心里想，如果有一个孩子，那我也许会学会去爱，会让河水一直这样平淡流淌，我会是一个好妈妈……

她就像所有待孕的女人一般，算排卵期，吃叶酸，喝温开水……半年了没有任何动静。她背着男人去检查，医生说她排卵异常，卵泡发育不成熟，怀孕的概率极低，建议她做试管婴儿。她拿到检查报告后，接着就给我打电话。我在电话里面说："夏河，记得要相信自己。我不也成了100万分之一吗？你那么美好，不该绝望。"

夏河的日渐忧郁，让男人看着觉得疲劳和心烦。男人开始和他生意上需要贿赂的各色官员去澳门赌博。刺激，能带来感官的快乐，男人在赌场里的一掷千金很快就吸引了那些赌场贵宾厅分销商的注意，几番试探后，赌场的经营者派出豪华的温柔阵容，给予男人的可透资额度高达5000万。男人在那里流连忘返，夜夜纵欲。终于有一天，赌场的马仔把之前的协议拿到男人面前，男人已经透支到了极限，此刻需要他签字埋单了。男人像被当头棒喝一般，晕乎乎地看了账单和协议，在落款处签上了自己的名字。赌场给了他15天的筹款期，警告他：没有任何活人能赖赌场的钱！

男人失魂落魄地回到家，慌慌张张地在书房里翻保险柜里的各种单据。这个房间夏河很少进来，她靠在书房的棕褐色门框上，看着慌乱狼狈的男人。夏河问："出什么事了？"男人走过来，一耳光打在夏河脸上，"你他妈就是个生不出孩子的丧门星！"

男人疯狂地找钱，这个时候门铃响了，保姆打开门，十多个强壮的男人冲了进来。他们闯到书房，很快制服了男人。夏河蹲在沙发边上发抖。其中一人拿出一沓文件，放到书桌上，"大老板，欠钱的单据我给你带来了，还有10天，你快点准备！"男人一看单据，全身都是冷汗：欠5000万美元！后面是他的签字。

"他妈的！你们阴我！"他大喊着。

"啪！"对方一巴掌就把男人抽翻到地上，说："大老板，白纸黑字的，你跑不了。"

签字前那个数字后面没有写明以人民币为单位，估计赌场的人调查了男人的资产后，为了多捞一笔，在欠款后写上以美元为单位。男人真是打碎了牙齿往肚里吞。最终，他几乎折价卖掉主要产业里的股份才筹齐了这笔钱。夏河把这几年男人给她买的珠宝和手表全部卖了，把钱存到一张卡上，拿给男人，"拿去吧，我能做的只有这么多了。这些是你存在我这里的，还给你，救救急。"

还完赌债，又赶上了政府的"反腐"行动。男人和政府官员长期勾结做倒买倒卖的生意，如今已经败露，男人接到风声，连夜逃跑了，按照早先的计划，逃出了中国边境。他一个人跑了，什么话都没有交代，只留下了还在那栋大宅子里的熟睡的夏河。枕头边，放着夏河的那张卡。

那一年，门前的小河因为上游的水电站竣工，水流很少了，开发商计划把那条小河的河床扩充成一个人工湖。夏河发短信给我："一川，小河枯了，我也该回去了。"

夏河接受了警察的盘问和调查后，把卡里的钱给了男人的老妈妈。老妈妈70多岁了，儿子的不告而别和被通缉，让老人无所适从。夏河能为男人做的也只有这些了。她无心也无力继续在哈尔滨上学，一个人回到了老家，用手上不多的钱买下一处房产，一个人郁郁度日。过惯了那种佣人一大批的日子，现在的落差让她难以适应。她不快乐。她舍不得的不是那个男人，而是那种舒适的生活状态。现在什么都要靠她自己了，她需要想想。

几年的豪门少妇的生活，让夏河在养尊处优的金丝笼子里，变得越发的娇贵。她的美丽和纯情丝毫没有减退，只是变得矜持和成熟了。这个时候，她遇到了一直和男人有生意往来的一位北京人商人——余炼。这个北京商人是做医疗器械的，生意很大，长辈是军队里的官员，他是根红苗正的的"红二代"。40来岁，个头不高，留着个小平头，看起来憨憨的。他得知男人出事夏河回到老家后，风尘仆仆地赶来了，来扮演夏河的救世主。就像一只豺狼对猎物的克制等待，他等待这天已经很久了。

他第一次见到夏河，是夏河19岁的时候，第一次和哈尔滨男人到北京去的那次，当时就是他做东，宴请了他们。连他们当晚住的酒店也是他买单定下来的，那一夜是夏河的初夜。

那天，余炼早早地在酒店大堂里等着，忽然看到一个穿着白色大衣的女子从旋转门进来。那女子拉开红色的羊毛围脖，脱下大衣挽在臂弯里，轻抚了一下飘散着的如丝般的秀发。她里面穿着大红色羊毛衫，白色的牛仔长裤和白色的中统羊皮靴。她的双腿结实而挺拔，浑圆微翘的臀部包裹在白色牛仔裤里。她四周看了一下，蹙了一下眉头，像找不到人有些失落。她婷婷而立，而余炼就在距离她两米不到的地方，几近窒息地看着她，好像人走来走去的风都会惊动她的美好一般。这时，那个哈尔滨男人突然出现在门口，余炼想去招呼他，哈尔滨男人做了一个制止的手势，轻轻地站到这个红衣女子身后，一下蒙住她的眼睛。女孩笑了起来，那笑甜得就像余炼小时候过年吃到的冰糖葫芦。夏河笑得他心都颤动了，他内心的欲望此刻如命中注定般被点燃。

他们向他走来，余炼目不转睛地看着女孩，他也算风月场上的老手了，但这高挑的女孩是给他最奇特感受的人。就像所有的野生菌类，都会是肥美多汁的，但鸡枞菌不一样，它是白蚁制造的神秘物种，既有作为菌类的鲜美，又有动物才有的野性。就如同这女孩身上既有端庄温婉的处子芬芳，又带着游牧民族的爽朗神秘，让男人想去驾驭，去征服。

她向他走来，伸出手，大方地说："您好，初次见面，我叫夏河。"时间就此定格在他心里。当晚，他这个在酒桌上一向把握得住的东家，喝得酩酊大醉。当夜他没有回家，在酒店里开了一间房，挑了个长发及腰、高个子的欢场女子作陪。那晚他把那女人当作夏河，整夜地蹂躏。他心里叫嚣：我一定要得到她！

接下来，他的等待总算有了转机。他知道哈尔滨男人那些违法的买卖，最后的那个风声就是他通过哈尔滨经济侦查科的关系，报信给男人的。男人走了，绝情地走了，才能断了夏河的念想。

此刻，夏河最需要的是信心，走入社会的信心。余炼特地在重庆注册了一家医疗器械公司，向西南地区的几家医院供货。他要给夏河立足社会的资本，给她尊重和无限的关爱，然后等待她的臣服，心和身体的臣服。在余炼这个年纪，单纯地玩玩女人已经没有太多的意思了，他要的是刺激和挑战。生意做了几十年，不过是在不同的地方里倒来倒去，血统带来的谋略和征服欲望无处施展。是夏河，让他年近50岁还如人生首次对待女人那样忐忑，会搓着手心出汗，有意思得很。

夏河那时还在慢慢消耗着不多的钱，买了一辆红色的丰田小汽车，每天无所事事地在这个城市巡游，佯装自己很忙的样子。其实她也不知道该去往哪里，拿起电话也不晓得该打给谁。她的河真的干涸了吗？除了制造快乐和交换快乐以外，她似乎什么都不会。有一个晚上，她沿着滨江路慢慢开着车，看着外面灯火璀璨的夜色，感到了深深的孤独，眼泪一下子模糊了视线。

"咚"，一声很大的撞击声响起，车往前冲了一下。她赶紧打右转灯，把车慢慢地靠着边道停了下来。后边一辆白色的宾利车打着应急灯，也跟着靠边停下来。是追尾了，应该是后车的全责。

宾利车门打开，一个男人拿着手机从车上下来。这个男人有点眼熟，他穿着黑色的皮衣，牛仔裤，留着板寸头。那个男人走到夏河跟前，说："姑娘，对不起啊，我这就叫交警和保险公司。对不起您，接电话的时候没注意，追尾了。"

一口京味的普通话，让夏河觉得好像在什么地方见过这个人。他的车牌也是北京的。夏河试探地问："我们是不是在哪里见过？"

男人放下电话，看着夏河，半晌，他拍拍脑袋，作出一副大梦初醒的样子说："你不是在哈尔滨那个谁吗？"

对，夏河想起来了，北京，那个饭局，她的初夜，那个做东接风喝醉了的余总。夏河伸出手，"余哥，我是夏河，记得吗？"

余炼像被突然点醒一般，一下拉住夏河的手，说："太有缘分了，你说我怎么就撞上你的车了，你这位大美女可难追得很呀！我今天是交了什么好运能追上你？哈哈哈，太巧了。"

于是，新的故事就这么开始了。很快，夏河成了余炼的医药器材公司西南分公司的总经理。余炼找资深管理人员带夏河，让她很快就熟悉了公司的各项业务和管理方式。为了让夏河感到体面、风光，余炼在重庆最好的地段买下来一层写字楼，有全江景的办公室，让夏河能优雅地工作和放松。他安排了一系列的国际展会，让夏河和他一起去参展、拜访客户。在最开始的一年里，他没流露出其他情感，只带着夏河工作学习。他要让夏河由一只金丝鸟变成一只鹰，一只自我感觉良好的鹰，一只要靠他喂食的鹰。他放飞她，但也要让她飞不出他的手掌心。

夏河的日子过得充实起来，每天一大堆的人叫她"夏总"，每天都有忙不完的工作。而余炼在频繁地和夏河见面后，突然不出现了。历时两个月，他除了给她发工作邮件，一个电话也没有。

夏河坐在偌大的办公室里，看着长江出神。她突然觉得心里蛮失落的。想起和余炼一起在罗马的路边喝着咖啡看落日的余晖，想起他们在美国拉斯维加斯参加展会后半夜饿了去赌场买汉堡包，想起余炼在飞机上睡着了，他的手臂靠着她的手，她细细地观察他那从白衬衣袖口露出来的手腕。他戴着一块江诗丹顿的皮带的腕表，手上有粗粗的汗毛，皮肤是常年锻炼的黑褐色，手指修长，关节突出，感觉遒劲有力……

她闭着眼睛想着他的那双手，那双一定很温醇的手……

叮叮，电话响了，里面传来余炼浑厚的声音："我到了成都，参加一个客户的见面会，待一晚上，明天回北京。你在干什么？"

"我在公司。"突然间，夏河觉得和他交谈会有一点羞涩。

他沉凝了一下，用喉音说："哦。"电话就挂了。

夏河放下电话，突然觉得很想见到他。一定要见到。她空涸了好久的身体需要一个人来填满，她需要一个男人的体温。她拿起车钥匙匆匆下楼，她突然很疯狂地想要不顾一切地去他，见了面做什么？她也不晓得，只是头脑里的细胞都在喊一个名字：余炼！余炼！她开着她的丰田车，往成都进发。再过3个小时就能见到他，夏河心里这样想。

在成渝高速上，夏河开到了每小时120公里的速度。天下起毛毛雨，她不得不告诉自己慢一点，不要急。这时候旁边有一辆车不停地按喇叭，不断向右道逼过来。夏河慢慢减速，看见旁边的车摇下车窗，司机向她喊道："靠边！你车胎爆了！"

夏河把车停到应急车道，那司机也停下车。司机出来说："我一直按喇叭，你跑什么？要不是见到你是渝A的车我才玩命的来超你，你如果是个川A的车，我才不会浪费我的好心哦！"司机大哥开玩笑地说出这成渝之间的老笑话。

后轮的右车胎破了，看样子没办法往前走了，而等待救援的话不知道在这儿等多久。夏河自己打算换备胎。这时候雨越来越大了，她在大雨里换了快两个小时，总算换上了备胎。她全身都被雨打湿了，上车后换了车上的运动衫，她觉得好脆弱，趴在方向盘上哭起来。她拿起电话："余炼，你在哪里？"她带着哭声喊着。

余炼吃惊地问："夏河吗？你怎么了？怎么哭了？你在哪里？"

当晚余炼开车接到夏河，送夏河回到重庆的家里。余炼站在她家楼下说："夏河，好好休息，你的车过几天我找人给你送回来。我明早的飞机回北京，我走了。"

　　一句话都没有多说，他连碰都没碰她一下，就这样走了。夏河心里难受极了。她病了，第一次为一个男人生病了。她两天没去上班，躺在家里，什么都不想去管。

　　傍晚，她睡得晕沉沉的，电话响起来。是他的声音，用命令的语气说："夏河？你下来。"

　　夏河："你在哪里？我下来干吗？"

　　余炼："我在北京。你下来取你的车，快点！"不容反驳的语气。

　　夏河起床，披上风衣，把睡得乱七八糟的头发随意盘成发髻。她在卫生间往嘴里喷了一点花露水，然后含口水吐掉，这样会感觉清新一点。她下楼去了。

　　在她楼下，她看见余炼斜靠在一辆红色的奔驰跑车旁。那是一辆全新的小车，没有上牌。余炼一把抱住她，她感到眩晕。风暴般的亲吻让她几乎窒息，余炼说："夏河，你下次有任何问题记得第一时间告诉我，不准你自己换轮胎，不准你干男人的事情。你知道我那天心有多痛吗？但我不得不回去，因为那天是我岳父的八十大寿！我回去吃了饭就去给你买了车，我从北京开着车直接就来你楼下了。你不是想见我吗？我也想见到你，无时……无刻的……"余下的话被夏河的回吻全部掩盖了，夏河心里突然好明媚：原来他是爱我的，他需要我。

　　夏河搂着这个从千里以外为她而来的男人，用最放荡的快乐去回馈他。那一夜，她干涸了的河床蓄满了满满的柔情。她扭动着她雪白的身体，摇曳着黑发，余炼不断的呻吟声就像是对她的鼓励，她一遍一遍地去迎合他的坚硬和灼热。他不断地说："你是河，我注定是一条鱼……"

她恋爱了，真实地爱上了一个为她量身定做的剧本。她心甘情愿地掉进了一个有时间、有情趣、有钱的男人为她量身定做的陷阱。

她忘记了，这个男人是有妇之夫，他所有的生意都要仰仗他那位高权重的岳父。他会玩，不等于会为了玩而不回家。

她对我说："一川，我是在爱了吗？他会给我未来的！"

我对她说："那不是爱吧，那是你的欲望。"

余炼，私下里对自己自导自演的故事一定很得意吧？在我打电话告诉他夏河流产大出血的那个夜里，他站在手术室外对我说了所有的一切，最后他说："我不知道我爱的是她，还是自己制造出来的这段回忆。"

余炼不会为夏河放弃他拥有的东西，夏河一次次在等待里失望，节日、纪念日、假日……他永远在家里做他的好丈夫、好爸爸、好女婿。于是，她就一个人用不断的购买来填补空虚。她突然好想结婚，她好想有一个家。她不怕没有余炼，她不怕没有工作。她突然觉得她什么都不怕了，甚至不怕没有快乐。她可以找个爱她的相称的男人组成一个家，每个人不都是这么干的吗？

夏河对余炼说："我们结束吧。"

夏河屏蔽了余炼的手机，辞去了工作，卖掉了房子。她在偏僻的地段租了一套公寓，就像人间蒸发了一般。她以前在航空公司的同事知道她还单着，想成家了，都争相给她介绍对象。以夏河那么好的条件要能给她介绍成了，也算巴结了男方了。她们都开始物色各种黄金单身汉，期待能把夏河当作礼物去装点自己的人际圈子。

后来就有了一个饭局，一个为夏河而设的饭局。对方是一个快36岁的高干子弟，是副市长的公子，市电视台的一把手。未婚，身高一米八。

条件还不错，于是夏河去了。

那晚夏河刚打完球，穿了一身运动装，香汗淋漓地出现在饭桌上。满座的人都穿着体面，非常正式，她突兀的打扮让人大跌眼镜。因为夏河清楚地知道这个电视台的男人一定见惯了各色入时的美女，野性的出击更会让对方记住自己。在食物链里，余炼是猎人，她是猎物。如今她是猎人，那个公子哥儿是猎物。夏河盈盈一笑，说道："对不起，从球场出来就往这里赶，没来得及换衣服。不要介意哦！"

公子当时就被点燃了。这么率真而美丽的女人，而且她那笑容让人难以忍住心中的悸动。

夏河，你不要笑，你一笑总是想让人亲吻你。夏河仿佛想起余炼对她说过的话。

是的，只要她愿意，她的出击总能百发百中。她不用害怕，她的魅力没有人能抢走，就如大学教授走在路上不会担心他的知识被人抢走一般。只要她能继续制造快乐，就会有人来供养她。不用担心，她能得到一个家，一个正常的家，只要她对着猎物微笑。

她很快就和他有了一夜情，那是男人抵抗不了的荷尔蒙的情欲陷阱。然后，她发现她怀孕了。一个她以为永远不可能发生的事情，却在这次一夜情之后发生了。她觉得这是命运的安排，她太高兴了，她会有一个自己的孩子，有一个家，有一个体面的丈夫！一切对她是那么的公平！她激动地感叹上帝的仁慈！

她和公子哥儿很快就办理了结婚手续。她打电话给我："一川，你猜有什么大好事？"

我说："你有孩子了？"

她哈哈大笑："还是你最懂我，你怎么不猜我要结婚了，倒直接就说出了我结婚的原因？"

我说："你才认识他几天呀？就这么决定一生？"

她说："就是认识了几十年的两个人结婚也可能离婚呀，这个就像扔硬币，几率是一半一半。祝福我吧！就算我得不到爱，但我会有一个孩子、有一个家！还是公平的吧？"

我问："你觉得爱是什么呢？"

她笑着说："爱是快乐，我现在很快乐，祝福我吧！"

在她怀孕3个月的时候，有一天她产检完了回家，在楼下她见到一个让她最意外的人：哈尔滨男人。那男人依靠在大树上，手里拿着一根烟，远远地看着她。夏河一下就僵住了。

男人快步向她走过来，站在夏河面前。男人对夏河说："夏河，我回来了，想谢谢那年你给我妈妈的钱，谢谢你为我做的一切。"

男人顿一顿，继续说："原谅我想说的话太多了，一时间有点乱。看，我回来了，我过得比以前更好，我无罪了。这几年我的资产都转移到了英国，现在英国的几家百货公司和物流公司都有我的股份。我回来就是来接我的格桑花的。我给你准备了最好的礼物，在英国我买了一座古老的城堡，种了满山的格桑花。我需要你做那里的女主人。请原谅我的唐突。"

男人突然跪下来，拿出一枚粉红色的钻戒。那炫目的光让夏河觉得头晕，她看着男人问："为什么？"

男人说："因为在我众叛亲离的时候，你没有。因为我爱你，因为你把你最好的都给了我，我承诺过要照顾你一生！"

夏河笑了，她拉起男人的手，把他的手放到她的腹部，她说："你摸摸，孩子在笑你呢。"

男人一下子就僵硬地站了起来。

夏河说："我不需要你，也不需要你的钱。我不爱你。就算是在当年，我爱的也只是你给我的舒适生活。你不要觉得我有多重情谊，给你妈妈的钱也是因为你付出过快乐，我为我的快乐埋单。说粗俗点，就像一夜情后男人把一半的房钱放在床头。发生过的事情就像熨斗烫过的衣服，你第一次烫出了褶子，以后再怎么熨都会有一个印，抹不掉了。现在你的钱已经买不到我了，我只爱我的孩子，我会和孩子的爸爸一起给孩子一个家，过上一种我不曾得到过的生活。谢谢你还记得我。我得回去了，孕妇很怕累的。保重！忘了我吧，你会的。"

男人突然觉得夏河不再是他的夏河，他再也不可能遇到夏河了，也许他是再也不能回到多年前的那个自己了。他需要的不是夏河，是重回战场的归属感。他站在那里看着那个扶着腰，挺着肚子，慢慢远走的夏河，泪流满面。

那夜，夏河打电话告诉我："一川，你相信吗？我为了这个还未出生的小东西，放弃了也许再也不会有的金钱，放弃了继续用快乐去交换的生活。我爱肚子里的孩子，我只能放弃，对吗？"

我躺在沙发上，拿着电话问她："你真的爱这个孩子吗？什么是爱？"

夏河叹口气说："怎能说不爱？他就是我身体的一部分，爱就是舍弃身体的欲望来满足另一个个体的快乐。也许吧？我也不知道，反正此刻我对孩子的爱，不仅仅是快乐，还有痛苦。"

再接到夏河的电话是一个月后，她在电话里，半天没说话，我问她："怎么了，老河？"

她说："你猜？提示是坏消息！"

我有点不耐烦地说："我不希望你和你的孩子有问题，所以是你老公出了什么问题吗？还会有什么事？他一个大老爷们，有大靠山，又有好工作，怎么了？"

夏河说："如果男人永远不会和你做爱，不，也许是一年做一次，你说这婚姻正常吗？能坚持得了吗？他妈的，怎么总是在折磨我？"

我问她："你的那位公子哥儿，他怎么了？"

夏河用轻松的语气说："他是同性恋。他有男朋友，而且两个人已经交往很久了。我发现了。当时他们停车在我家的车库，我正好去我车上拿东西，看见他们在接吻。我问他了，他说他在社会上生存需要正常的婚姻和孩子，他可以承诺一年和我做一两次爱，当然也要看具体的心情。他不会得病，他很小心，对方是很稳定专一的性伴侣。他那次和我发生一夜情之前，已经有5年没有碰过女人的身体！哈哈哈，太好笑了。你知道吗，我当时眼前就出现了一幅画面，想象他的精子们对时隔那么久才跑到女人阴道里会有多么兴奋，那些小东西竭尽全力把握这次难得的机会，找到了我的卵子，完成使命！怪不得我居然会怀孕，原来是那些不甘心的精子顽强地完成了使命！好笑吧？他还说，他之所以选择我，因为我有男人一样结实的大腿。好笑吧？我居然是用男人的大腿征服了他。"

夏河，夏河！我心里觉得好难过。

"你在哭吗？"我问。

"没有，一川，我该笑呀！我这么美好，我上半身是女人，下半身是男人，好笑吧！"夏河歇斯底里地在电话里大声喊道。

那夜，我跟她整夜的通着话，我在电话里安慰她，跟她说未来的事情，说我要给孩子当干妈，说要带孩子去迪士尼……然后，我们都睡着了，睡眠就像是死亡的预演，让人暂时忘记肉体的苦难，然后清晨来临，你睁开眼睛，如同轮回的开始。你带着昨日的业力继续新的担忧、恐惧、快乐，继续日日毫无痕迹地冷酷轮回。

接下来，夏河和公子哥儿在争吵中被推倒，大出血。打电话给我的时候，夏河虚弱地说："一川，我的孩子可能死了，死了。哈哈哈，我怎么了？这么不公平？我流了好多血，他把我推倒了，他走了。他把我的孩子杀死了。"

我大声喊："夏河，你旁边有人吗？你在哪里？你能打开门吗？我马上打120。你慢慢移过去把门打开，然后躺着，医生马上就来了！"

我在深圳呀。我好想此刻在你旁边。我打了重庆的120，告诉他们夏河的地址和目前的情况，恳请他们快点赶到。我还拨打了那个公子哥儿的电话，但他的电话一直都是忙音。

"还有谁？还有谁？"我在脑袋里嗡嗡地想，我想起了余炼。他是做医疗生意的，应该认识好的医院和好的医生，我拜托他去安排一下，也许会有用。

我拨通了余炼的电话："喂，您好！您是余炼吗？"

对方："对，我是。你是哪位？有什么事情？"

我说："我是夏河的朋友一川，她怀孕四个月，现在大出血，一个人在家里等120救护车。我在深圳刚刚接到她的电话，现在打算马上订票回去，最快今晚能赶回来。在我到那儿之前，你能去照顾她一下吗？"

我说得很快，很急，又有些混乱。

他只说了一句："告诉我，她在哪里？"

我给了他夏河的地址，然后定了最近的一个航班。我得赶回去，夏河需要我。我想的全是她一个人躺在血里的样子，我得回去。

我在当晚11点20分赶到了夏河所在的医院。她手术后刚醒过来，一个人躺在病房里，见到我，眼泪流了出来。她说："如果你伤心，你就该去放风筝。这是几天前，我给肚里的孩子读的故事里的一句话。一川，我觉得伤心，去放风筝会好起来吗？"

我拉着她的手，我说："夏河，会好起来的，也可能是孩子还没准备好，过一段时间，等你养好了身体，你会有很多健康的孩子，一定会的。你那么美好。"

她没有看我，望着天花板说："一川，不会有孩子了，大出血，我的子宫被切除了。"说完，她失声痛哭起来。

她说："余炼来了，手术的时候他全程都拉着我的手。他说，这就是你的命，也是我的命。你该认命。一川，我不会再有孩子，他也永远不会是我的。我什么都没有了，没有了爱人、孩子、家。我什么都没了。"

我抱着她："你还有我，不哭不哭，一切会好起来的。"

她为了有一个家，拒绝了当余炼的情人；她为了孩子，拒绝了哈尔滨男人的金钱。而她此刻没有了孩子，没有了家，没有了爱人，没有了金钱。她瘫在病床上，了无生气。她争取的都是她想要的，她觉得她能拥有的美好事物，一件也没有留住。她就像走进物欲世界的小猴子，背着大大的篓筐，捡了很多很辛苦，最终却发现自己背的是一个漏的篓筐，什么都装不了。

那次，我在她身边待了两个月，等她身体康复。我和她坐在阳台上，晒着冬日的阳光。她眯起眼说："一川，你怎么不是一个男人？如果你是男人，我就嫁给你，我们就可以很幸福地生活在一起。"

"幸福地生活在一起？那是童话故事才有的结局，谁和谁都不可能无时无刻感到幸福，因为幸福本就不能等同于快乐。也许，在一起就是幸福，哪怕是互相伤害。"我看着她说。

她穿着一件米色的针织毛衣，外面披了一件红色的居家棉袍子，米色的亚麻裤子。没穿袜子的脚踩在椅子上，双手抱着弯曲着的膝盖。阳光在她的身后给她一个金色的逆光效果，她的头发轻柔地在光里轻轻飘动，轻微到只有我才能感觉到。她动动头，对我笑笑，"我会好好活下去，我还有制造快乐的能力。现在我不想再交换任何东西了，我要留给自己用，因为我什么都换不到了。"

我看着金色的她，拉起她的光脚丫，放到我的衣服里包裹着。我说："你是病人呢，你怎么能光着脚？"

她扬了扬眉毛，"那又如何？"

我看着她那英气十足的样子，说："你知道男人为什么爱你吗？因为你是个混合体，既是花，也是河。你永远让男人觉得新鲜，既可以当作花拿出去炫耀，又可以拥有一条每天都不一样，每天都奔流不息的一条河。"

夏河用冰冷的手捧着我的脸说："你真该是个男人。"

我轻轻地对她说："夏河，我爱你。"

爱情是激情或者快感，是短暂的情绪，对我而言，能爱爱情本身就足够了，我爱上的不是女人，而是爱情。

我低下头，情不自禁地轻吻了一下夏河冰冷柔软的嘴唇。这个吻里没有欲望，我只是想表达我愿意成为她的一部分，永远的一部分。

她睁开眼睛看着我，"一川，如果你是男人，此刻我该回吻你。但你不是，是吗？一川？"夏河仰起脸，用她修长的丹凤眼看着我，那么的古典迷离，让人忍不住想拥她在怀里。

是的，夏河，你该有正常的获取快乐的路，我也是。

那次我回到深圳，很久没有接到她的电话。我也没有打给她。她和我需要一点距离，这样或许最好。

再见到她，是她出现在深圳，我去机场接她，她转道去澳门，和一个男人。这是我第一次也是最后一次见到这个男人：老关。这是一个香港男人，40岁。他有着健壮的体格，是那种穿白T恤能让人看到若隐若现的胸肌的男人。他与人说话从不看人的眼睛。后来得知这个男人有很复杂的婚恋史，据说是离婚两次，有两个孩子，大的20岁了，小的才4岁，都是留给女方的。

在T3航站楼的接机大厅，老关去买到澳门的船票了，我和夏河在一个咖啡厅坐着。

夏河抽着烟，略显激动地说："一川，老关他是我的毒品，我从来不知道做爱能让人晕厥，我和他是绝配，我们在一起就是不断地做爱。一个40岁的男人，可以夜夜为你一次次勃起，让你疯狂，很不可思议吧？你看看我的皮肤，是不是很顺滑？做爱这个事情真的很养女人。其他的事情你什么都不用去想，这样真的很好。"她拿起我的手去摸她的脸，我本能地往后退了一下。她迟疑地问："怎么了？我烟烫到你了？"我说："没有。你身上那么浓的香水味道，我有点受不了。"

夏河说："我喜欢这味道，用老关的香水，让我觉得很刺激。"

夏河看着我说："老关买了船票，我就和他去澳门了，他在那边有生意，我回来不走深圳了，从珠海就回去了。老关对我很好，我也很快乐。你不为我高兴吗？"

我看着这穿着性感的黑色短裙，脚踩10厘米的高跟鞋，涂着火红色嘴唇，全身都是浓烈的古龙水味道的夏河，感觉到莫名的忧伤。她现在就像从昏迷中醒过来的今朝，已经不是从前的自己了。就像家乡那条河，今天流的已经不是昨日的河水，此刻不再是上一刻的那条河，它们只是有着同样的河床和同样的名字，但它已不是它。

我开车把他俩送到了码头，她和老关一起下车拉着行李，她对我挥挥手。我咧开嘴笑了笑，"祝福你，夏河，照顾好自己！"

事实上她背的仍然是那个没有底的筐，她只是坚持不放手。那个男人天天和她吃最好的、住最好的、玩最好的，很快花光了她全部的积蓄，她卖掉了房子、车子。老关是吃女人饭的男人，在她这儿耗光了她的钱，就要转投到其他女人的床上。但夏河不放手，不论那个老关怎么对待她，她只追求身体的快乐。这是她唯一还能抓住的快乐，她不会放手，绝对不会。

老关做的是"拉皮条"生意，组织内地的女子以艺术演出、模特为名，把她们带去澳门卖淫，赚取佣金提成。夏河为了留住这个男人，不断地妥协，到后来，夏河也被老关当作工具卖了，她去接待一些老关的贵客。她只求老关不离开她，和她在一起，她什么都愿意做。反正她什么都没有了，她不惜用身体去堵住那个她用来装幸福的筐。

在整理夏河遗物的时候，我看到她手机上的信息，才大致知道了这一切。那一晚，在接待老关的两位贵客时，三人都吃了老关从泰国买来的兴奋剂，夏河应该是服用过量，在高潮过后突发脑溢血昏迷后死亡。每个人都有很多秘密，这也许是夏河的最后一个秘密。我会忘记这个秘密，会把你带回去，会让一切肮脏的秘密灰飞烟灭。放心吧，夏河。

然后就是我在ICU病房见到夏河，我闻到那高浓度的消毒水的味道，觉得自己好想呕吐。我觉得晕眩。我是在ICU？我是在晕车，还是有高原反应？我这是在哪里呀？我觉得天旋地转。

黑暗里，我听见夏河的声音："一川，我把手机里所有的提醒和闹钟都关掉了，我想睡到自然醒。"

第四章
安葬

自然醒？

我打了个寒战，一下子睁开眼。我在做梦吗？我感到头好晕，像做了一个有一辈子那么长的梦。

我突然醒过来。不知道睡了多久，我记得在河边站着，听见有人在喊塌方了，然后感到头上有点痛，就什么都不记得了。对了，我还看到一辆车，一辆以前就见过的车。

我睁开眼，看到了圆形的天花板。

这个房间比较暗，我躺在一张床上，身上盖着羊毛的毡子。床的旁边有一个古旧的柜子。屋里有一股膻味，很刺鼻。房间的墙好像也是圆形的。墙上还贴了张佛画：一个无常鬼手里拿着生死轮回的大圆盘，它张着红红的大嘴，恐吓着周围活着的人。画是纸质的，看样子已经贴了很久了，周边已经破损。佛画下面贴着几张写了经文的纸片，是红色的纸。

我是在一个帐篷里，大概是一个藏民的帐篷。是他们救了我吧。我看看手表，AM 5：38，哦，已经是第二天的早上了，就是说我已经昏迷了一天。

帐篷的门被推开，一个老人走了进来。她手里拿着转经筒，嘴里念念有词。她过来看看我说："唵嘛呢呗美吽，感谢佛陀，你醒了。"

我看着她。她60多岁，头上梳着很多小辫子，油腻腻地搭在她的头上。

"阿妈，谢谢你救了我。"我坐起来对老人说。我双手合十，下床对老人一拜。她一下子把我拉起来，说："外面风好大，河水还要涨哦！"我问："阿妈，桥修好了吗？今天能过河吗？"阿婆看看我说："你要去哪里？"

我在床沿上坐下来，想起我目前的境况，不由得落下泪来。

阿妈用她粗糙的手摸着我的头发，吟唱着诗句：

"孩子，任风吹！
大地已不胜负荷。
何不让我们细听鸟儿飞翔，
和河水唱歌。"

我靠着阿妈，闭上眼睛听着她的歌，好像听到了河水流过的声音。在她的歌声中，时间仿佛停止了，我的心渐渐恢复了纯真。纯真的心容纳不了任何东西。那些残渣、疤痕和记忆累积起来，就会产生悲伤。是不是只要时间还在流逝，你的心就不会轻盈或纯真？因为那滴滴答答的时间，带来的是夹杂了各种情绪的灰尘，让心变得拥堵。

此刻，我忽然感觉到久违的轻松。我的轻松诞生于悲哀之上。阿婆的声音像一根针，把悲哀的脓包刺破，让我觉得轻松。

我对老阿妈说："老阿妈，我要去天葬台。我的妹妹去世了，她是藏族的格桑花，我按照她的愿望，要让她回到她的家乡，希望她的灵魂得到安宁。"

老阿妈摇着手里的转经筒，嘴里默默念着：唵嘛呢呗美吽。

她说："你去色达拜见尼果喇嘛，带去你妹妹生前的一个物件，请他诵经超度，帮助亡灵早日轮回。村里的热多折师父是天葬师，他会带你去的。"

老阿妈嘴里念念有词："不要让你的心受到牵引，世间所谓的死亡，现在就在你身上，愿无上菩提宝心庇佑未生长者得生长，已消逝者得永恒……"

老阿妈微笑着把酥油茶和糌粑放到床沿上，转身走出帐篷。

我觉得自己好一点了，身体在昏睡了一天后得到了充分的休息，头上被砸到一个核桃大小的包，已经不太痛了。我吃了东西应该可以继续上路了。

我拿出钱包，看了看里面还有不多的钱，这也许是我仅剩的钱了，当然如果算上欠仔哥公司的钱和我爸欠的钱，我早已身无分文了。我拿出 5 张 100 元的纸币叠好，放到碗下面压着，作为对阿婆的相救和抚慰的真心感谢。此刻我能给的就只有这么点了，前面的路还不晓得该怎么走下去。

我整理好我的衣服，从帐篷里走出来。帐篷外面不远处就是那条河，昨天我就是在前方大约500米的地方站在那里看河。路已经抢修通了，单边放行。我看到车还停在路边，赶紧走过去，打开车门，发动发动机。夏河，我来了。车里面有很大的味道，是夏河腐败的味道，一种油脂发酵的酸味。那醇厚的腐败味道让我觉得胸闷，我打开车窗，让自己能透口气。我还是想吐，这一路上，我就不断地呕吐，此刻，我又感到胃里在翻腾着，于是下车扶着门呕吐。

一个影子挡在我前面，我擦了擦嘴，抬起头来看，一个高个子的藏族男子站在我面前。我看着他，他有一张黝黑中带着紫红的脸，那是常年在高原生活才会有的肤色。整齐的头发，长条脸上镶着一双很有神的眼睛。他咧开嘴说："你好，你是阿婆说的那个要给妹妹去办丧事的人吗？"他的声音腼腆温和。

我站起来，呕吐过后觉得舒服了一些。我说："是的。你是热多折师父吗？"

他笑了笑，露出一排微微弯曲的牙齿，就像牙齿也在笑一样。"是的。你好，我叫热多折。"

我看到阿婆在不远处的河边。我对着她挥挥手，她平静地继续在河边堆着玛尼堆，用白色的颜料给石头涂色，然后在上面写下六字真言。河在唱歌？不用眼和耳朵的时候，心就能听见鸟在飞翔，河在唱歌。我突然有点恍惚了。

旁边慢慢驶过的车在按着喇叭。我一下清醒过来，我拿出手机，现在还是没有信号，电量也不多了。我关掉了手机，反正除了警察和追债的人，也不会有人在乎我在哪里。我这算是潜逃吗？可我得带夏河回家，不管我是不是在逃亡。

我打开车门，热多折上了车，我问："我们该怎么走？"

热多折用不太熟练的汉语，慢慢地说："我们去五明佛学院，去坛城转经，请尼果喇嘛给死者诵经超度。我看了藏历，今天是一个通往往生的日子，葬礼就定在今天吧。"

车里弥漫着腐败的气味和藏民身上特有的一种牛羊膻气，还带着一股藏香的味道。这些气味似有催眠的功效，让我觉得自己仿佛还在一个梦里。我开车走在应急搭建的桥基上，跨过那条奔腾的河，前面就是一条隧道。隧道没有灯，我从光明一下走到黑暗，还不能适应，心里生出恐惧。我把大灯打开。隧道不长，而且很直。我已经看见前面有一个亮光，是出口吧。我看见这个隧道里的岩壁都是裸露的，不规则的石头让光折射出很多形状，像母体的子宫出口一般的皱褶，让我第一次感到是从山的身体里穿过。我在这黑暗里按规矩排着队慢慢往前开，所有的车都静默地开着，仿佛我们在参与一种仪式。我屏住了呼吸，心里默默期待出去后的开阔和未知。

从隧道里出来，天一下子明亮了。路旁还是一条河在流着，不知道还是不是山的那头的那条河。我有如释重负的感觉，在这高原上，每上升一段高度，景色和植物都会有很多变化。此刻高度表显示海拔3908米。

我打量着热多折。他穿着一件半新不旧的酱紫色麻布袈裟，脚下穿着一双看不出牌子的运动鞋，有些地方已经开胶了。他给人的第一印象就是一位淳朴腼腆的年轻僧人。

我对他说："热多折师父，谢谢你能陪我去安葬我妹妹。真看不出来你是一个天葬师。"

他说："那有什么谢不谢，我当天葬师已经5年了，这只是我的业余职业，我的专业是在五明佛学院学习经文。天葬师既不是活佛来当，也不是僧人安排，而是藏民推选的，是一种安排，一种命运的指引。它是委托制度的，是僧人亲授教师委托徒弟代行的。也就是给你亲自授过具足戒的活佛，委托你替他主持天葬，这样你就成了正式的天葬师。在我们这儿，天葬师必须是受过密宗灌顶的，有密宗学的知识才能为亡者主持这最后一个仪式，让一切证悟圆满。"

他严肃地介绍着他的职业，说起这些事情的时候，话语很流畅，也不腼腆了，就像在一个熟悉的场所里，他在自信地主持他擅长的事业。在此刻，他是主人，所以他能侃侃而谈。

他问我："你妹妹是什么时候去世的？"

我说："我算下，我昏迷了一天，开了两天车，算起来今天是她离世的第三天了。我从很远的地方开车带她来到这里，她是藏人，按照她的遗愿，她的身体要回到故乡。是她在指引我来到这里。哦，这高原反应让人好难受，我想吐了，师父，我停一下车……"我把车停在路边，下车呕吐。我什么都没吐出来，但难受得很。我用手使劲抠着喉咙，吐出苦水……

热多折看着我说："你是从什么地方开始呕吐的？"

我蹲在地上，"我以前也到过海拔4000米的地方，但是没有这样吐过。我从过了马尔康就开始呕吐，没有其他反应，就是想吐。吃了药也喝了葡萄糖水，不管用。"

热多折把手放到我的额头上，慢慢地说："你闭上眼，双手合十，和我一道念真言。"他的手仿佛有一种力量，此刻覆盖在我的头上，让我觉得清醒。

我跪在地上，热多折开始念诵："唵嘛呢呗美吽，唵嘛呢呗美吽……"

我跟着他一遍一遍念诵，慢慢觉得心明神轻。他手的温度仿佛很高，从我的头顶灌入一道暖流，让我觉得舒服。他走到我的背后，又念了一些经文。

然后他对我说："可以了。你觉得好点了吗？"他伸手拉我起来。

我站起来，觉得身体舒服很多了，胃里空空的，竟然觉得有点饿了。我感慨地说："有回到人间的感觉。"我闻到热多折身上的藏香味道，突然觉得食欲大开。我从车里拿出简易的户外瓦斯炉，把遮风板加好，点燃炉子，放上一个小水壶，把整瓶的矿泉水倒进里面。我需要吃东西，吃点热热的东西。我好像已经两天没吃过热饭了，只就着水吃了几块饼干。此刻我觉得好饿。

热多折好奇地看着我摆弄这些东西。

我和热多折在路边把户外折叠椅打开，我给他泡了红茶，给自己泡了一碗即食面。我边吃边问："热多折师父，我是怎么了？你怎么一下就把我的高原反应治好了？"

热多折喝着茶，看着远处的草场对我说："你看，明明看得见风的脚步，人们却告诉你那是草在摇摆。不是吗？很多时候，真实的内容是通过表象传达给你我的。"

我顺着他的目光看去。那片草场真美，夏天的草开出了低矮的黄色和粉色的小花，遍地都是，于是地成了棕色、嫩绿、深绿、黄色、粉色的，风吹过的时候，那层次分明的景色像揉皱的彩纸，变化出更多的可能。此刻我吃着热热的泡面，喝着茶，看着美景，我觉得很满足，从来没有过的满足。哪怕我坐在深圳价值千万的房子里，看着满目的人类建筑奇迹和物质文明的璀璨光芒的时候，都没有过这样的满足感。这种满足感不是源自占有，而是因为乐在其中，忘记了自己、忘记了欲望之后的满足感。感受到欲望时，我是自己的奴隶；忘记自己时，我是自己的王。

热多折喝了口茶说："你不是高原反应，是在赎罪，把身体里的自我、沉淀的渣滓都吐掉了。你的身体是佛性的，它知道要去的地方，它带着纯净的你来到这莲花隐秘的地方。念'唵'这个音，它能澄澈你的心智。"

我茫然地说："你是高僧吗？我为什么这么幸运，能够遇到你呢？如果我是幸运的，那为什么我的亲人、朋友、爱人都不在身边？为什么我会输到一无所有？"

他继续缓缓地说："你会遇到你该遇到的任何人，我也一样。不用担心也不要急迫，世界上本就没有幸运和不幸，只是建立在你对时间的认知上。时间累积下来的担忧或者恐惧朝着对你有利的一方喷射出去，就是你所感知的幸运；对着不利于你的方向喷发出去，就是你所谓的不幸。实则都是你的情绪在让你患得患失。如果说每个昨日都死去，今日都是重生，或许更能让你理解'解脱'这个词。"

我没有说话。身体的舒适，让我觉得力量百倍。我们休整了1个小时，谈话也慢慢多了起来。要动身上路了，还有不到20公里就到了。

我发动了车，天越发的湛蓝，我开着车在蜿蜒的山路上，向上走着。路上到处可见警示的标语："暗冰路段，小心驾驶。"我把速度压到每小时40公里，小心地转弯。路上的车也越来越少了，去那里的人本就不多吧。车载CD播放着香颂，轻快的曲风，很适合这样的路。起伏蜿蜒的路上，我和热多折继续聊着。他跟我讲了一些藏族的风俗和礼节，我听得津津有味。

热多折告诉我："天葬是藏族特有的丧葬形式，用秃鹫把尸体带上高高的蓝天，引导亡者走到天国。"

我问："为什么会是秃鹫？为什么不是其他的生物？"

热多折说："藏区有一句谚语：没有秃鹫的肠胃，就不要去吃金丸银蛋。秃鹫是一种神奇的鸟，吃了什么都不会留下半点，也不会排泄在地上，它会在数千米以上翱翔之中排泄，强烈的气流会把排泄物全部风化了，干干净净，即使它自己死亡的时候，也会一直朝着太阳飞去，直到太阳和气流把它的躯体消磨到一无所有。这很符合人对轮回的要求，这样也最大限度地了断灵魂对肉体的依恋，利于转世……"

一路上，热多折说着天葬的仪轨和各种需要注意的事情。

我茫然地来到这里，现在对这些事情有了一定的了解，反而心里发慌。夏河，你确定要用这样的方式来对待你的肉体吗？夏河？

我按照导航往前走我开着导航往前走。路越来越差，越来越靠近河，变成了一段单行道，后面没有车了，只有我这一辆车在往前开。完全是泥土路，车像船一样上下起伏着。转过一个山头，阳光从山的缝隙里穿过来，洒在我转过山坳的地方，露出一大片金色。我看见阳光笼罩下的一整片山上都开着紫红色的花朵，在蓝天和金色的阳光下，显得如此的壮丽和让人惊讶！

"格桑花。好难得看到这么一大片的格桑花。我前天从这里走的时候还没开花呢。"热多折轻轻地说。

这么多的格桑花在这样一个峰回路转的山坳里，让我感觉它们仿佛特意在此刻等待我一样。夏河，是你吗？你就是格桑花，你在对我说"是的"，对吗？你准备好了，你选择了这里？一定是夏河在用她的方式告诉我，这一切都是对的，我只要往前走就好了。就像夏河曾对我说的："不要用你的眼睛和耳朵，你该看到你的心。"

"我知道了，夏河。"

我们开了近三个小时，最终到达五明佛学院的门口。前面不能开车上去了，我把车停在门口的空坝子上。热多折下了车，"我去牵牦牛来。"说完，他转身快步向旁边的牧区走去。不一会儿，他牵着一头身体是黑色长毛，胸口有一点白毛的牦牛远远地向我走来。那牛很雄壮，背上驮着一个麻袋，走起来一副很轻松的样子。

我站在车外，看着这海拔 4000 米的高原草坝。空气稀薄得让你觉得一切看起来那么清晰，云、天空和人，干净得让人觉得透明。我此刻已经不觉得头晕想吐，寒冷的风吹在脸上，生疼。我把围脖拉起来，遮住口鼻。

热多折拉着牦牛走到我的车旁，说："来吧，把死者放到牛背上，牛把她驮上去。"

我打开车的后备箱，拍拍夏河的黄色袋子，"夏河，我们要骑牦牛了！"

热多折力气很大，他一下子就把夏河扛了起来，放到牦牛的背上。为了防止爬山时尸体滑落，他还准备了一个麻袋，里面装了些牛粪饼。他把两边的重量调节一致，用麻绳把两边固定好。他在前面牵着牛慢慢地走着，我跟在他的后面。走出离车大约 10 米的地方，他停了下来，示意我等等。他从牦牛驮着的麻袋里拿出一个土红色的小陶罐，高高举起来，嘴里念着我听不懂的经文，然后把罐子摔得粉碎。他对我说："这是断了她灵魂对生前居所的眷恋，这样才能升天。从这个时候我们都不能回头看。你跟着我，带她去喇嘛那里超度，在坛城转经。"

我跟在他后面，听着他的安排，回答："知道了，热多折师父。"

这是一条大约 5 公里的山路，路上有很多来来往往的觉姆和喇嘛，他们都穿着棕红色的僧袍，年轻的脸孔看起来是那么愉快和轻松。山路的周围都是木头的小房子，大概 5~10 平方米的房子像蜜蜂的蜂房一般，密密麻麻地重叠在这山的两边。房子全部都被涂上藏红色，像他们特有的高原红一样在几乎光秃秃的山上成千上万地排列着。

我们就在这修行人的住所缝隙中唯一一条路上行走，默默地不出声音。走了不知道多少公里，我看到一座大约5层楼高的寺院，金色的顶，红色的墙。没有诵经的声音，也没有内地寺庙的各种卖香火的小贩和开光用品的店家，什么都没有，就是一个寺庙，里面有一大群僧人和前来参拜的藏民。他们有些人在不断卧倒，起立，叩拜，每个动作都熟练而精准。他们的袖子和裤子上都用厚厚的牛皮或者毡布缝着很厚的垫子，便于他们长距离完成那一系列动作。他们看起来都是经历了长途的跋涉才到这里，满脸的尘土和几乎磨破的鞋子与衣服，却满脸都是如释重负的轻快。

还有一些游客，拿着摄像机、单反相机不断地拍摄着。这些人出于好奇，肆无忌惮地用他们自以为是的方式去捕捉别人的影像。很多的藏人和僧人看到镜头都会用袖子把自己的脸遮起来，他们不喜欢被拍照，因为觉得相机会摄取他们的魂魄。

热多折放慢了脚步，走在我旁边。我对他说："好荒凉的寺院。"他低着头走路，看着他那双已经有部分脱胶的运动鞋对我说："荒凉是让修行的人和亡者不要留恋物欲，只要心丰富，人不会痛苦。心里都装着白云、蓝天，心是满满的，心不荒凉。"

我惊讶他总是能说出让人感叹的哲理。这个不起眼的僧人让我像个小学生一样的用心倾听他的话，他的话让我舒服和坦然。

我们牵着牦牛走到了寺庙的广场上。他把牛拴在旁边的石墩上，对我说："你在这里等一下，我去通报一下。"他脱掉鞋子放在寺庙外面的地毯旁边，走进去，掀开门上厚厚的毡毯。我什么都看不见了，只能在这里静静等候。广场上有很多野狗，它们自由自在地在强烈的阳光下打滚。不时有藏民拿着绳子来套这些狗，据他们说你看上那只，套到了就归你了，你就可以拉走。被套到的狗不断地拉扯绳子，脚一直往后退，嘴里发出呼呼的喘息声。有几个觉姆和几个孩子围着这些被套住的野狗笑嘻嘻地说着话，像是在安抚狗。我一句也听不懂，拍拍黄色的袋子对夏河说："夏河，你猜她们在对狗说什么？也许是叫狗认命吧，有家不用流浪，多好。狗想要自由，人却本来就没有自由，脱离社会的自由会让你死在没有医疗、教育、电、Wi-Fi的黑暗里。"

荒谬。我在这里有一搭没一搭地猜想着，却忘了或者自己就像一条野狗：没有家、爱人、孩子、钱，手机还没有信号。我还是个逃犯，还有债务，在每晚被700多个人咒骂。如果我会死在黑暗里，不会有人替我掩埋尸体。

毡毯掀开，热多折出来了。他穿好鞋子，走过来把麻绳解开，一把把黄色的袋子背在身上，我跟着他走到寺庙里面。寺庙里是中空的，大厅很高，天花是透明玻璃做的，可以看见蓝天。我跟他上了二楼，转到其中一个房间里，见到了尼果喇嘛。

尼果喇嘛是个温和的中年男子，脸很圆润，嘴唇厚实，下巴有肉嘟嘟的突起，看起来平易近人。他盘坐在垫子上，我走过去在他面前双膝跪下，双手合十。他用他的手碰了碰我的前额。

热多折把夏河放到房子中间，尼果喇嘛站起来，众多的僧侣聚集在此，在堪布的主持下诵经。经文据热多折说是《般若经》《贤行善德》的主要篇章，热多折和尼果喇嘛拿着夏河的那条最为珍惜的缎帕在旁边为亡魂举行肃穆庄重的祈福仪式。我在一旁坐着，听着连绵不绝的诵经声和金刚杵与法铃的声音包围着我和夏河。我觉得自己仿若也被超度了一般，我的意识随着起伏的声音摇摆着，要冲出我的肉体般轻盈和狡猾。我猛地睁开眼，我要活下去。瞬间，她又回到了我的身体，我默念"唵"音，清心定神。

冗长的仪式结束后，热多折把夏河背出来放到牦牛背上。墓地离寺庙很近，翻过一个山头就到了。在海拔4000多米的地方，翻起山来还是比较困难，走一段就需要歇歇。倒是牦牛一点倦意都没有，平稳地驮着夏河往前走。走到山顶，我看见这佛学院的全貌，整整一个山坳里面全布满了红色的房子，密密麻麻，像一朵朵盛开的格桑花，寺庙在花的中间位置，上方就是坛城。我站的位置就是坛城后面的山头。午后的阳光投射下来，让本来的雾霭通通消逝，整个圣地的全景展现在眼前，极富张力的画面让我敬畏。我默默对着这样的神圣画面深深地举了一躬，心里默默念着"唵嘛呢呗美吽"。此刻的空气清冽稀薄，我的情绪几乎没有起伏，因为我最擅长的就是克制。我该能克制。也许真的如热多折所说，每个人在我的生命里出现都是安排好的，走也一样，不要害怕！

热多折牵着牦牛走在前面，他走得很轻快。地上有很多散乱的衣服碎片、鞋子、一些头发，还有人的指甲、碎了的银首饰等，我十分小心，避免踩到这些可能是逝者的东西。

天上不时飞过几只秃鹫，我想该是要到了吧。

热多折走到前面的山坡上停了下来，把牦牛上的东西卸下来。他回头对我说："仪式是庄重的，但是你不能哭啼也不能呼唤她的名字，你只能在心里为她祈福，这样才不至于影响她走向中阴。你要记住。"

我看看他严肃的样子，"知道了，热多折师父。"

这是一个半山腰，地势比较平缓，有一块空阔的平台，前面是很开阔的草坝，远方是连绵起伏的山脉。对面的山脉上，藏民们不知道用什么方式，在山上画出来大大的藏文经文。看不懂的白色经文让人觉得肃穆和庄严。这看着几乎荒凉的地方就是天葬台了。

热多折告诉过我，修建天葬台的地方地势要平缓开阔，便于桑烟升空，也便于秃鹫的起飞和降落，祈望亡灵坦然安详。周围不能有花丛和特别的景致，杜绝亡灵对美好事物的眷恋。远处要有山脉，阻挡亡灵对亲人、故土、前生的财物的眷念，让亡灵安宁地离去。整个过程与形式简朴自然，没有任何的装饰物品，甚至没有哭泣。让生命赤条条地来赤条条地走，抛开一切欲望，一心一意走向轮回。

地上的碎骨头越来越多，一股油腻腻的味道在我四周弥漫。我把围脖拉起来，遮住口鼻。我看见热多折拿出一个面口袋和水及一口平底锅。他拿出僧人那种三角形的黑色口罩戴上，把夏河的袋子解开。

夏河露出来了，这是我最后一次见到夏河的脸，我看见她的嘴角泛出一丝细纹，不是微笑，不是痛苦，不是嘲弄，但是她确实动了。

热多折点燃火堆，桑烟的味道很快开始飘散，他在火堆里撒上糌粑，那焦香的味道刺激着秃鹫的欲望。山头上的秃鹫越来越多了，上百只的近1米高的灰褐色秃鹫在50米远的地方静静地等待着。一两只野狗在不远处狂吠着追逐秃鹫，秃鹫群开始骚动起来，热多折捡了几块石头，向野狗的方向扔出去，嘴里吆喝了几下，野狗悻悻地跑开。

这时，秃鹫已经黑压压地布满了天空。我抬头看见数以千计的秃鹫喧嚣狂呼地在天空盘旋，等待着陆。它们从我的头顶上飞过，我的头皮感受到那嗖嗖的凉风。秃鹫们迫不及待地往天葬台靠拢。突然，天空中飞落一只气势雄伟的秃鹫，它不像一般的秃鹫那样直接俯冲下来，而是徐徐停落，其他的秃鹫很自然地为它让路，给它留出一块开阔的空间。

我看到这只秃鹫目光冷傲，它高高地抬着它的尖尖嘴，发出鸣号。这应该就是"喇霞"鸟——天堂的节度使。

我看着它，心里为夏河祈愿，愿她能平静安详。

……

黑色的浪潮褪去的时候，我什么都看不到了，血肉之躯在转瞬间消逝，黑色的浪潮涌上了天空。夏河在高高的天空里，我仿佛听见她说："再见了，一川！"

我对着天空说："再见了，再见了夏河。再见了，格桑花！"

我拿了热多折的青稞酒，使劲喝了几口。我把剩下的钱全部裹在一起，放到热多折的大包里。我不敢看到热多折，也不想和任何人说话，我要快点离开这里，因为我不能在这里哭泣。

我使劲地往山上跑，喝了点酒，我好像有了力气，我很快爬上了山。山的这边是佛学院，此刻我正站在坛城的旁边。我拿起矿泉水瓶子装的青稞酒，又喝了一口，酒的温暖感觉从喉咙一直蔓延到我的胃部，再传到我的四肢。

我走到坛城，这里一共有4层：一层是转经筒，二层是经堂，三层是尸陀林，四层是密殿。我跟随着藏民们在转经筒走，用手去转动每一个经筒。我闭上眼睛，用手去触摸冰冷的经筒，用这样的方式让自己能获得平静。我数着经筒个数，1、2、……106、107、108。到一圈了，我拿出青稞酒喝一口表示庆贺。我不知道到底转了几圈，只晓得最后喝光了那瓶酒。我不冷了，不饿了，舒服的很，站在阳光下面，我觉得自己不用转了，世界都在围着我转。我不停地笑，站在坛城外面的空地上，看着无垠的湛蓝色的天空，开始唱歌："这是一场没有结局的表演，包含所有荒谬和疯狂，像个孩子一样满含悲伤……现在我有些倦了，倦得像一朵被风折断的野花。"

我大声地歌唱，手舞足蹈，哈哈大笑，"做个疯子在世界上流浪又如何？像个疯子一样又如何？？"我泪流满面地呼唤着："爸爸，你去哪里了？夏河，你去哪里了？你们怎么把我一个人留在这里呀？我该去哪里呀？爸爸？"我不断地跳，不停地喊叫着，在这4200米海拔的地方喝醉，又加上剧烈的运动，很快觉得眩晕。

我该去哪里呀？我头昏，无力控制我的四肢。我好像被人扶到一张床上，躺下来，眼皮闭上。在黑暗里，我听见19岁的自己在问："一川，我该去哪里？"

------ Yujian ------ Yichuan ------

那是我被今朝和他的兄弟们赶出来的那个夜晚，我在河边，我抱着自己的头，问自己："我该去哪里？"

我离开学校了，没有钱继续学习绘画。我觉得我该离开这里。我去了深圳，听说那是一个天上都有钱在飞的地方，我应该可以抓得到，应该可以养活自己。

19岁的我第一次坐飞机，夏河给我买的机票。

第一次坐飞机，我从登机口走廊桥到了飞机里坐好。当飞机起飞的时候，座位上的我感到地在动，吓坏了。我解开安全带，跑到前门入口处，空姐一把拉住我。我问："怎么回事？怎么这个休息区的过道一下动起来了，是地震了吗？"空姐一副难以置信的样子，愣愣地看着我。我接着说："不好意思，我第一次坐飞机。我什么时候才能上飞机？为什么这个过道会动？"空姐明白是怎么回事了，笑着说："小姐，这是飞机，不是什么过道。您已经在飞机上了。不要紧张，您回到位置坐好，系好安全带，很快就能适应了。"我这才明白自己是坐在飞机上了，动的是飞机，不是一条过道。我觉得自己都没见着飞机的样子，就是在一个门口检查了票，穿过一个通道，然后在这个狭长的空间里坐着，我以为是在这里等飞机呢。我不好意思地回到座位上，忐忑地度过了第一次飞行。

我坐的是傍晚的航班，到深圳是晚上8点。我在飞机上看到璀璨的如同外星基地一般的深圳，那一团团的灯光被一段段的金色的线笔直地连接着，像一个电路板。我第一次从这么高的高度去看一个城市，金色，是我对深圳的第一感觉。我觉得我在这片金色的城市里，能活下去。就像夏河对我说的："一川，你觉得行，就一定行！"

到了深圳，我住在一家青年旅社里，一个床位一天30元，含一顿早餐。房间很简单，就是白色的墙面，两张床。白色的床单已经洗得有些毛边了。旅馆是由老旧的厂房改建的，靠近当时很火爆的华强北，在旅馆外不远处就是深圳的荔枝公园，一个很老的市政公共公园。从公园走出来就能到邓小平当年"画圆圈"的地方。从我住的青年旅社出来，走不到10分钟，就可以通过一条小路走到荔枝公园。我第一次看到这么美丽的城市公园，还是免费的。公园很大，有湖。公园里的植物很茂密，植物的叶子都在阳光下发散着绿色的光，油亮亮的。对于一直生活在灰暗的工业城市的我来说，看到如此干净的树叶，看到这么蓝的天空，看到夜晚还有白云，19岁的我觉得世界好大，同一片天竟有如此大的区别。我对着深圳的蓝天说："你好，深圳，我来了！我叫一川。初次见面，多多关照！"

口袋里只有500元钱了，我要尽快地找到工作。走在深南大道旁边，看着街上来来往往的人群，西装革履的，步履匆匆的，推着各种盒子的……都在为生存明目张胆地奔波，真好，很直接的世界。我站在天桥上，看着来来往往的车。在老家可没见过这么多的小汽车，而且是各种品牌应有尽有。

我默默地看着，突然几滴雨水打在头上，不到1分钟，雨水密集地落下来。这是海洋性气候的特点，来得快，就像孩子的脸，说笑就笑，说哭就哭。我没有伞，只好抱着头往前跑。

前面是一排建筑物，临街的是一排骑楼，具有广东特色的建筑，可以为行人遮雨。我跑到楼里，拍拍自己的衣服。头发已经半湿了，我把发圈拿下来，让头发散开。我身上穿着白色的衬衣，宽松的牛仔裤，脚下是白色的球鞋，背着一个军用的双肩背包。我看着这突如其来的大雨，决定在骑楼里走走，碰碰运气。因为我没拿到毕业证，我现在只能算高中文凭，在深圳这个人才济济的地方，很没有竞争力。我的大脑理性地告诉我："你很难找到体面的工作。"我的心感性地对我说："会的，不要担心，往前走吧！"

我信步往前走，看到一家门店的玻璃门上贴着张纸，上面写着："急聘中介人员数名。"我一下就注意到那个"急"字，我也急，于是走过去看了它下面的几条细则：

本公司为拓展业务，需要招聘地产业务人员，形象气质良好，有地产销售经验、会粤语者优先考虑，公司提供宿舍，底薪2000元……

还好，里面都没提到对文凭的要求。我对着反光玻璃看了看自己，整理了一下蜷曲微乱的头发。应该还算气质良好吧。我提了提气，轻轻地推开了那玻璃门。

房间大概有50平方米，很拥挤地放着十几台电脑和一排电话，穿着职业装的男男女女有的在电脑前操作，有的在用粤语讲电话。

一个戴眼镜穿着黑色西服的男人见我推门进来，一下满脸热情地对我走过来，大声招呼我："小姐，您好，您是租房还是买房？我有什么能帮到您？"

我拉拉我的背包，指着门外面贴的广告对他说："您好，我是来应聘的。你们外面的广告写着要招人。"

他一下子就收回了那一脸灿烂的笑容，仿佛那种笑容数量有限，只会留给他的客户。他推了一下眼镜，说："你在这里等一下，我去问问经理。"转身上了二楼。那是一个狭长的楼梯。我打量着这个房间，这里层高不到2.8米，应该是在原有的层高6米的商铺上加了隔层。低矮的空间里挤着这么多人和电脑，周围充斥着敲击电脑的声音，打电话的声音……一时间让人觉得时间在这里变得万分紧迫，有些透不过气的感觉。

那个穿黑西服的男人下来了，他对我说："你上去吧，张经理在上面，他是我们的老板，你和他谈吧。"

他看了我一眼，眼里是一种很老道的感觉。我像踏进了别人家的陌生人，那种初次见面的局促有些让我手足无措。我平静了一下心情，慢慢地走上楼。

二楼是一间会议室，一张玻璃钢的长桌子两边放着几个黑色的办公椅。进门的左手边一棵不高的发财树，上面挂着些红色的小金元宝。一个男人坐在靠窗的一张椅子上，桌上放了个一次性的纸杯，旁边放了一沓文件，周围散落着一些烟灰。男人在接电话，背对着我坐着。

我轻轻地敲了敲开着的玻璃门，他转了过来。这是一个年纪大约30多岁的年轻男子，微微有些秃顶，娃娃脸。他穿着一件白色的衬衣，衬衣里面透着两条印子，应该是里面穿的背心的轮廓。他示意我等一下，继续讲电话："对，您说周老板。"

"好的，我一直都看好深圳的中心区，现在写字楼出来都是整体卖出，客户现在有两个单位要转出来，一层一个单位，每层1800~2000平方米吧，不到8000元一个平方米。"

他掐灭了烟，有些激动地站了起来，"周老板，以我的见解，深圳的未来是在中心区，罗湖已经不会是未来的重点了。我保守估计，这里的价格，5年内会翻10倍。"

他站起来，在窗边走来走去，"您自己掂量一下吧，不过只有两个单位，您得及时下手。"他用眼神示意我说话，让电话里的人能听见的话。我仿佛看见好多钱在天上飘着。涨10倍？会吗？

我大声说："张经理，李老板要来签合同，中心区写字楼的那个单子。您有时间吗？"

他对着电话说："周老板，其中一套有人来签合同了，您再考虑一下吧，该让的折扣我都给你交底了，等一会儿再打给您，好吗？"说完，他没挂电话，把电话放到一边，喊，"李老板，请坐。小刘，把打好的合同拿上来。"边说边挂上了电话。

表演完毕，我站在门口看着张经理。他坐了下来，对着桌子吹了一口气，把桌上的烟灰都吹不见了。他对我说："随便坐吧。"

我在他的对面，找了个椅子坐下来。他问我："叫什么名字？"

我笑着说："您刚才叫我小刘，还需要问名字吗？"

他一下笑了，"你好，我是张庭，这里的负责人。请问你叫什么名字？为什么要来我这里应聘？"

我站起来说："您好，张经理，我叫一川，我需要一份工作。请多多关照。"

他上下打量了一下我，"那好，你介绍一下自己。是什么学历？做过地产行业吗？都会什么？"

我站着看着他，说："我大学还没毕业，学的是室内设计，目前停学出来工作。"

他说："你会什么？简单来说，就是你觉得我为什么会给你这份工作？"

我看着他的眼睛说："我还真的想了很久。我会什么？我觉得除开我十多年上学学的知识，我只会两样东西：克制、相信。"

他听我说出我会的东西，一下没喷出嘴里的烟，硬生生地被呛了一口。

他咳嗽了半天，说："你说你不会销售，不晓得怎么谈客户，不会做合同，就跟我说你会克制、相信？这些对我有什么用？你知道我刚才打的那个电话是在说什么吗？其实是客户要全部出清一共5层的写字楼，直接转合同就可以了。这是独家委托，价格底线在每平方米6600元，卖家说'6'这个数字是他生日，这就是这个单的底牌。中介就好比你一个人晓得底牌，然后坐在街边上，和来往的人打牌，你需要很强的个人能力。这些是很难学习的，要看天赋。知道吗？那个周老板已经派人来看过几次了，但就是咬着价格不松口，他本人也一直没有出现过，都是马仔来谈的，诚意金也还没有下。但他的马仔每次来都开着奔驰S500，应该是有实力的主。所以作为我这样资深的经理，我得适度周旋。这就是中介。"他有些自豪地向我吐露他的能力，眼睛里露出金光。

我说："我会克制，所以我不会因为有困难就放弃，我会降低我的一切需求，来等待和学习。我会相信，所以在最迷惑的时候，我也总抱有希望。因为我相信你，所以我会配合你打电话，演戏给周老板听；也因为我会克制，所以秘密就到我这里为止了，没有会人知道根本没有李老板这个人。"

他看了看我，"你没有大学文凭，也没有从业经验，留在这里等于我要免费带你，但我觉得你有天赋，也许你的'克制、相信'的能力能让你在这里获得一席之地。好吧，那就试试吧。底薪只能每月1800元，你接受的话，明天就来上班吧。试用期1个月，试用期间没有销售提成。"

我对他笑了笑，"谢谢张经理，我明天会准时来上班。"

他点燃了一支烟，电话响起来，他边接电话，边对我说："你明天要穿正装来上班，记得哈——喂，您好，周老板，好的好的，行……"

我在他接电话的时候离开了。接待我的那位男子跟我打了个招呼，问："通过了吗？恭喜。"我点点头，然后转身出了门。这时雨已经停了，阳光温柔地照耀着这里的各种建筑物。这个金色的城市！

正装？我还没有什么正装，我的衣服就是运动服、牛仔裤、T恤衫。我发短信给夏河："什么叫正装？我该怎么选？"

夏河回复我："嗯，简而言之，能搭配珍珠项链的就算正装。你按这个标准去买吧。"

我看看橱窗玻璃里反射出来的我的样子：一头不规则的蓬松的卷发，松松垮垮的牛仔裤，有些发旧的白色球鞋。我这个样子怎么戴珍珠项链？我得找找什么地方能买到便宜的衣服，我最多只能用50元买衣服，剩下的钱才能维持到发工资的时候。

我沿着路往前走，走了大约半小时，到了东门附近。那是深圳当时最繁华的区域，街上有很多人，大家好像在抢什么一样，脸上是警惕和慌张的神色。我跟着人流在这条充斥着各种商品的街上走着。

人实在太多了，我拐进一条偏巷子，里面有稀稀拉拉的商铺，我想偏一点的地方会便宜一点吧，于是又往里面走了一段。这几个店大多是买内衣和包包的，我便拐了一个弯。我看到一家店，里面都是女士的套装，很端庄的样子。走进店里，里面没有其他顾客，老板娘是一个脸上写满精明的女人，40来岁的样子，打扮得很妖艳。看见有人进来，她很热情地招呼："小姐，看看有什么喜欢的，我这里还有名牌的A货，喜欢的话我拿出来给你看。"

我有些困惑，"有什么？"

她悄悄地说："巴宝莉、香奈儿、LV、巴黎世家都有货。你身材这么好，穿上一定好看哦。"

她一下子说出来很多我从来没有听过的牌子，我说："我需要一条正装裙子，配我的白衬衣穿。"她满脸堆笑地说："姐姐帮你挑，包你满意。"

她从挂着的衣服后面拉出一个大编织袋，在里面翻了一下，拿出一件套装。裙子是深蓝色的。上面是同一色系暗蓝色的格子花纹。上衣是一件小西服，和裙子一样的布料花色，左胸前的的包上有金丝绒包的一小截装饰线条。

她把衣服拿出来说："应该穿这个码数，你试试，这个是最新的香奈儿的春款小西服套装。"

她不由分说地把我推到店里面，把一块窗帘拉了起来，说："你在里面试一下，有什么不合适就喊姐。"

衣服出奇的合身，我穿上的时候感觉这套衣服就像武侠小说里描写的"软猬甲"，可以随着身体收缩。我走出那个简易的"试衣间"，老板娘大呼："不要太好看了哦！简直像定做的哦！妹妹，就是这套了！"

我看见镜子里那个我，穿着刚刚到膝盖的裙子，合体的小西服让我看起来精神极了。我想，这个衣服应该是可以陪珍珠项链的吧？

我问："老板，这个要多少钱？"

老板娘说："妹妹穿起来这么好看，今天开张生意，就算您500块吧！"

我没说话，走到帘子后开始把拉链往下拉，准备脱下来。500块？我哪有那么多钱？

老板娘看我没说话就忙着问："怎么了？这么划算的价格，你还考虑什么？穿起又那么好看。不要犹豫了，就这么一套哦，其他家的都没有的，这是我今天一早才收到的新款。"

我还是没有说话，就在里面脱衣服。我想还是不要讲价了，跟我的心理价位差太多了。衣服脱了还给她，赶紧走。

我打开帘子，把换下来的衣服放到她手里，说："不好意思，太贵了，我不要。"

老板娘急了，"那你说多少钱嘛？"

我低着头说："算了，我不想说，说不出口。"

老板娘："说，你倒是说说你要出多少钱？"

我说："衣服很好看，我也很喜欢，但我只能出这么多钱。我还是不要说了。算了。"

她赌气一般地说："没事，你说嘛，你出多少钱。"

我看着她："我说了，你不要生气哈。"

她笑了："说，我不生气。"

我鼓起勇气说："50元。最多给这个价格。"

老板娘的脸一下子就垮了下来，她呼的一下把衣服拿了回来，一句话都没说。我识趣地赶紧走出去，刚走到门口，她在后面喊我："你回来，你加点吧，我不能亏本卖嘛。"

这时候谁先服软谁就是败方。我底气十足地说："我说了，最多50元。"

最终，我赢了，居然花50元买了"香奈儿"的新款套装。我明白为什么这条街上有这么多人了，他们是来自全国各地的商贩，也就是我们现在说的"买手"。深圳挨着香港，这些新款时装被厂家买回来，在虎门制版生产，成本不到原价的十分之一，然后加价1~2倍卖给各地商贩，再到消费者的衣橱里。

这套衣服，后来一直都保存在我的衣柜里，就像一件战士的战衣一样，我一直留着。这套可以配珍珠项链的正装！

我穿着"香奈儿"的正装，脚底下踩着我洗干净的白帆布球鞋，极其不和谐的打扮却被我穿得如此自然。在这个先看行头的商业社会，我得按照它的规则武装自己。走在地下通道升往地面的扶手电梯上，我看到我和其他人一般，早起忙碌，满脸自信。两边的广告画面在电梯往上走的同时徐徐后退，我看见外面的慢慢变亮的天空，商业社会的太阳在扶手电梯上冉冉升起。

我变得和众人一样了，小时候的梦想，就是变得和众人一样，有健康的身体，服从社会规则，活下去。

我每天都在门市里学习怎么接单，如何做合同，算价格，看房，找房源，去房交所办手续。我每天都只吃一顿饭，是公司中午提供的工作餐，晚饭基本不吃，早早地睡觉，这样就不会太饿。周末，如果本周有开单，我就会去公司宿舍楼下的小餐馆点一个回锅肉加一个米饭，犒劳自己。其他时候，我都是在宿舍里煮白水面条吃。

公司里，我是资历最少的新人，也最勤快，大家总是把无油水的活像一些小的租盘丢给我，说反正你现在也没提成，当多学学吧，我们肯教就是你占便宜了。

我不想占便宜，只是秉持着我的处世态度，克制，相信：相信我会很好地活下去，克制着自己默默地低头做事，每天扫盘、打电话、看房、找客户。我用自己的方式把所有能搜索到的房源先按照租盘或者卖盘的放盘价格阶梯状地划分开，按照字母表全部排列出来，然后在每个字母下用彩笔再来划分区域。我抽空就去看房子，把看过的房子做一些记录，简单地画些图片。我和业主谈心，了解业主的要求，分析成交的难易程度。我做了整整8个文件夹的资料，忙忙碌碌地过着我的日子。这样也很好，这样我就不会去想夏河、今朝，不会去想念绘画、思考未来等，乐得简单。

我每夜加班加点地整理资料，我把我看到的房源都绘制出来，用彩色铅笔凭记忆绘制出楼盘的样子和格调，便于租房或买房的客户能直观地看到户型，增加成交的可能性。那个时候数码相机和带摄像头的手机还没有普及，即使有我也买不起，于是就用这种最笨的方式来作为我自己的销售手段。我学习了多年的绘画，这时候来帮我了。我每夜在灯下不断地画着，记录着，没有声音的夜晚，只能听见自己的呼吸和心跳声，像一个抑郁症的患者一般。我看着慢慢泛白的天空，拿着水杯对着这个苏醒的城市，庆贺我又多活了一天，没有过劳死。我得起来走走，不能坐等那种维持的平衡。我时刻记得那时候的沉闷和窒息感受，辛苦但清醒。

那一天，改变我的一天，像所有的每一天一样到来。一样的日出，一样的人潮拥挤。命运像是一个早已安排好的剧情，在那一天该遇到谁都清清楚楚地上演着，只是我们自己当时不明了罢了。

我在那天一如既往地着装不和谐，在公司打着可能完全没有谱的电话，按例寻盘。玻璃门忽然被推开了，门上装的声控门铃发出愉悦的喊声："您好，欢迎光临！"

我抬头，看见一个男人站在门口。他50来岁，穿着一件样式简单的灰色T恤衫，下面是一条过膝盖的马裤，脚上踩着一双人字拖鞋。他腰间束着一条比较老旧的金利来皮带，戴得较久，周边都有些磨坏了，皮带上挂着一大串钥匙。

张经理迎上前去，"您好，先生，有什么可以帮到您？"

男人没看张经理，就盯着墙上的各种放盘的资料在看，过了一会儿说："看看，想租房。"

张经理满脸堆笑地问："您打算在哪里租房？想要什么价位的房呢？"

男人转过头，看了看张经理，"我才来深圳，还不清楚区域，也没想好租在哪里，就想租个月租在1000元左右的房子吧。"

张经理说："好呀，那您先看看，我喊我们的业务员来接待你，她是比较熟悉租盘的一位同事。"张经理转过头，对我使眼色，同事们都低下头来装作很忙的样子，对着电脑打字或者讲电话。我知道，这种麻烦的小单一般都是会推给我的。

我拿上我的记录本走过去，对着正在看放盘信息的男人说："您好，先生，我叫一川，有什么可以帮到您？"

他继续看着信息，说："你给我介绍一下那几个什么区域吧，我也不晓得该租到哪里。"

我先问他："该怎么称呼您呢？"

他简短地道："叫我老麦吧。"

"好的，老麦，您先说一下您租房的用途是什么？您工作的区域或者说活动的区域主要在那一块？然后再讲一下您对房子有什么具体的要求，比如设施、环境、楼层等？"我慢慢地讲给他听。

他看了我一眼，"我才来深圳，没有工作，也没想好做什么，就想在深圳先租个房子，然后再慢慢找事情。你不是说深圳有几个区域吗？你就每个区域都带我去看看，我都看看才晓得要租哪里的房子嘛。"

旁边的同事听见他的话，一下把嘴巴捂住，怕要笑出声音。我对他说："好的，老麦，您在这里等我一下，我把各个区域的符合您要求的房源找好，我们就一个区域一个区域地看一下。好吗？您稍等。"

第一次遇到这样的客户，提出这样苛刻的要求，我相信他也有他的难处吧。我的本职工作就是为他找到房子，无论他是100万的大买家还是1000块的租客。

我把手头上找到的价位在每月1000元到1500元的房子排了一下，按照区域大致划分了一下，统计出84套可靠的房源。深圳有6个区：罗湖、福田、南山、宝安、龙岗、盐田。其中罗湖区的有25套，福田有18套，南山10套，宝安15套，龙岗6套，盐田10套。按照这样的数量，我得花好几天的时间带他去看房。

我向张经理请示："张经理，我需要带租客看房，这几天都得外出。"

张经理看着我说："上班打卡，下班回来也必须打卡，费用你自己出，公司没有报销和补助。"

旁边的一个女同事小声说："这么麻烦的小单子，你还真去呀？死脑筋！"

我低头整理着抄下来的房东电话和房源信息，回答道："我不去谁去？"

我打算当天先带老麦看罗湖和福田的房。我拿好工作吊牌，把笔记本和资料册放到背包里，走过去对坐在接待区的老麦说："老麦先生，我给您先介绍一下我为您找的房源，然后再和你商量一下看房的安排好吗？"

老麦耷拉着眼皮，不耐烦地说："这么麻烦，长话短说。"我拿出我的资料夹，把深圳的地图拿出来，把各区目前的楼盘房租行情及各区的发展情况一一介绍了一下，把我找到的大致符合他价位的房源的分布也说明了一下，然后说："看您的时间，我今天打算带您去看看福田和罗湖的房源，为了节约您的时间，我把我找到的房源的图片先给你看看，您看到中意的我们再去看房，这样效率会更高。"

我拿出我的房源资料册，打开递给他，"不过，资料也不是很全，我才来不久，房源整理也有限，大概有40%的图片吧，图片下面是楼房的基本资料：像价位、面积、楼层、配置、小区配置、楼龄、房东的特殊说明等。"这时候张经理也走过，饶有兴趣地看着我拿出来的画册。

老麦看到画册的一瞬间，挺起腰坐直了，有些吃惊地看着画册，"你画的？"

我说："是的，为了让客户方便看房的笨办法。"

张经理站在旁陪着笑说："先生，这是我们分行的特色，其他地产中介不会有这么详细的图片的，我们是要求每个员工都这样做的，毕竟我们是一个服务性的行业嘛。"

我没反驳。

老麦抬起头，斜着眼瞟了我一眼，"画得不错，这也是个办法。"

看了一会儿，我和老麦商量了几套他觉得有兴趣的房子，联系好房东后，我带着老麦去看房。我俩在罗湖看了一上午的房子，老麦一套也没有表态，不说好或者不好。我试探地问他觉得如何，他说："都看看再说。"

看房看到了中午，老麦说："一川，中午我们一起吃点什么吧。你想吃什么？"

我指着我的书包说："我早上自己在宿舍里煮了一个鸡蛋，还有个馒头。不用在外面吃了，您吃吧，我陪您坐着就好了。"

老麦说："我请你，你想吃什么吗？"

我摇摇头，说："不用了，我自己带的食物不吃的话，也会坏了，不想浪费东西。您吃吧，我陪您就好了。吃了我们下午去福田区去看看，那里应该是深圳未来20年的发展重点区域了。"

老麦说："你应该来深圳也不久吧？你怎么知道那里就是深圳的下一个中心呢？"

我说："我上周休息的时候去了莲花山，那里有一个城市规划展厅，里面是深圳中心区的规划模型，我看到它里面写了深圳的城市规划，每届领导都会按照这个既定的规划去完成它。我相信一个写入了政策，并将坚持几十年的规划，一定能指向深圳的未来。你看邓小平的雕像不是就指着这一片儿嘛，这里一定是未来深圳最稳定的地段。如果把地价形容成一棵树，那中心区就是一棵参天大树，旁边的区域只会是为它提供养料的根系，而不是树冠、树干。你不要小看这一片现在还是田地的荒土地，未来这里会是市政府、会展中心、商业建筑群、深交所、火车站……"我像看见未来一般，向老麦描绘着中心区的繁华景致。

老麦问我："一川，你为什么来深圳？"

我看看他，"因为我没地方可去。因为我没找到回去的路吧。"我笑了笑。

老麦一下子笑了，"小小年纪，哪里会这么悲观哦，深圳机会多，你这么能干，将来肯定会发达的。"

我说："发达没想过，只想活下来。我爸爸对我说过：不论走到多高的山上，都是一步一个脚印累计起来的。"

老麦说："你有一个好爸爸。"

我说："也许吧。"

老麦指着前面的店说："我们就在这里吃点东西吧？"

那是一家广东风味的蒸菜店。我说："好的，随您。"

我们坐下来，老麦说："我眼睛有点花，你帮我看看菜单点菜吧，你点什么，我吃什么，没事。"

我问："好的，您有什么不吃的？"

老麦说："没什么忌讳。"

我看看这天气，深圳的湿度很大，潮热的天气让人有点闷，没什么胃口。我想老麦这个年纪应该吃点清淡祛湿的菜品，再加点开胃的汤。他租1000来块钱的房子，应该也不是有钱人，还要经济实惠一些。我喊来服务生："你好，麻烦要一份虾酱五花腩肉蒸饭，加一份薏米冬瓜大骨汤。点蒸饭会送青菜的吧？"

服务员说："送一份白灼菜心。"

"好的，再帮我倒两杯茶。谢谢！"我对服务员说。

我转过头问："老麦先生，您看这样可以吗？"

老麦说："叫我老麦就好了，可以。吃了好去看你说的深圳的未来！呵呵，看来有钱买到这里的话，未来价格能翻一番的哦？"

我说："我相信一定是这样的，甚至不止是是翻一番！"我说得斩钉截铁。其实那个时候我们谁也没有料到，深圳的房子价格会有8~10倍的涨幅。我只是相信我看到的这个城市的活力和莲花山的规划图。

老麦吃完了饭，我们走出小店。老麦问我："小姑娘菜点得挺好的，为什么给我点这些菜呢？"

我说："是按照我自己的想法点的，觉得这样会合您的口味，也营养，价格合适，分量也足。如果分别点菜再加饭的话，青菜会另外算钱的。不合您意吗？"

老麦说："还好。你会画画？"

我说："是的，我学绘画的。"

他若有所思地走在我旁边，问："怎么开始做中介，不画画了呢？"

我说："人都会遇到难处，我没钱继续读书了，没有毕业很难找到专业对口的工作。我得活下去不是吗？"

老麦说："你学的是什么专业？"

我说："室内设计。"

他叹口气说："怪不得你画得这么好！"

接下来我们看了福田的房源，老麦没有说什么，没有一眼看上的，或许有他也没有表现出来。他要等所有区域都看过了，房子都筛选过了，才会做决定吧。

接下来的两天，我带他看了其他几个区的房源，他漫不经心地看着，也不发表什么意见，就是跟我说说家常话，说他们老家的土地，说他小时候吃过的苦。每天中午都是要我帮他点菜，我也就每天自作主张地安排他吃什么。其实我也没有对开单抱有什么要求或者说希望，我只是日日尽心去做，把这些经历当作学习罢了。所以我也乐得和他到处看看走走。

没有欲望，能让人与人走近；没有欲望，人与野兽都能和谐相处。这是我从电视上看到的驯兽师傅说过的一句话，深以为然。见老麦这么轻松地看房源，我也和他一样放松下来。每天早上去公司打卡后就和他一起坐车去深圳的几个区转转，傍晚回来再到公司打卡后继续整理我的资料。我对老麦租房已经不抱希望了，他不挑剔，也不询问，所以每次进房后我就开始绘制我自己的草图，就当作是在实地调研吧。

第三天下午，我们看完了所有我能提供的房源，然后来到南山区的工业园附近，他示意出租车司机开车去了海边。海边有一个公园，一艘停泊在岸上的邮轮已经被改为了酒店。海风习习地吹着，落日的余晖照着海面。他找了个长凳坐下来，示意我也坐下。我放下我的背包，在长凳上坐了下来。他看着我的白球鞋说："你知道吗，我的女儿也最喜欢穿这种鞋子。默默总是对我说，穿这种鞋的女孩都是最靠谱的。"

我笑笑，"您的女儿和我想的一样哦。"我看着这大海。

老麦说："一川，谢谢你3天里陪我逛了这么多地方，我很遗憾地告诉你，我其实本来就不想租房。"

我继续看着大海说："我感觉到了。但我不明白您为什么要看这么的房子，还要每个区都看？"

他说："我不想找房子，我想找一个人。"

我本能反应地说："找您的女儿？"

他一下就笑了，"你让人觉得很轻松。我不是在找我的女儿，我是在找你。"

我惊讶地说："找我干什么？我们认识吗？"

他急忙说："你不要紧张，是这样的，我是做珠宝生意的，我们整个家族都是做这个的。我们一直看好深圳的房地产，想在深圳买楼，但我实在是分身乏术，地产行业也有很多门道，需要专门有人全身心地去打理。所以我想找一个懂地产行业、我也能信得过的人来帮我们打理这一块的生意。我来深圳两周了，找了好几个地产中介，同样的租房方式，只有你用了3天时间接待我。"

我觉得蛮突然的。我转头看着他说："那你们是要租很多套房子吗？"

他笑了，"不是租，是买。"

我问："为什么你觉得我就是你要找的人？"

他拿出烟，放到嘴边点燃，吸了两口，慢慢吐出烟来，"我看中你的本质。有很多事情让我觉得你是最合适的人选：你答应了的事情会坚持去做，你办事的条理性和把控能力很好。"

我笑笑，"麦先生，我一套房子都没有租出去，您怎么就看出来我能力强？"

他说："看你点菜。点菜最能反映一个人遇事的灵活性和交际的能力、执行力、统筹能力等。总之，我相信自己识人判事的方式。"

我惊讶地看着这个穿着朴素、长相落魄的老麦，他眼里盈满了沉稳。我相信他说的话。我说："麦先生，那你希望我帮你做什么呢？"

老麦说："我们打算在中心区买写字楼，大约10000平方米的体量。"

我问："您买来是自己用还是其他用途？"

他说："我自己的公司在水贝，宝石加工厂在盐田港工业区。买楼主要是为了投资。"

我说："那你希望我做什么？其他的中介应该也能为您服务，他们比我有经验。我只是一个实习生，没有任何成交纪录。"

他说："要找有成交纪录的人容易，要找我相信的人很难。这些交易和日后的买卖，我需要一个让我省心和放心的人。"他继续抽着烟。

我说："你需要一个能为你看清底牌的人。是吗？"

他吐出烟圈，"太聪明了不好，你该说我需要一个在地产中介行业工作的自己人，为我服务。"

他顿了顿，又道："中心区的在售房源，你清楚吗？"

我说："我可以帮您，这本来也是我的职业。我相信您，我会按照公平的方式和您交易，给您我能拿到的最合理的价格，佣金给您8折，但您也得相信我。彼此信任，这就是我的合作要求。您提到的中心区的写字楼，在几天前我得到信息是有5层单位在放卖，每层1800~2000平方米。卖家的心理价位是每平方米不低于7000元。这个房子先前是整栋出售，现在放出来的还没有办理产权证，只需要更改合同就可以完成交易。减少了税这一块，相当于对方是原价过户给您，减少了您的交易成本，很是划算。楼价在7000万，这个价格不含税和中介费，中介费1.5%，我的权限是给您降到1.2%。总价在7000万的基础上，您如果全部拿下，我可以去试试能否把楼价控制在6800万以内。如果您觉得合适，我现在先确认一下房源是否还有效，然后我明天上午可以带您去看看，您看可以吗？"

我一口气把底牌告诉他了。他点点头说："不用看了，我能接受这个交易价格，你确认一下有效性吧。如果有效，我现在就可以去你公司付诚意金，然后你就准备好资料去谈妥价格，我来签合同。我明天会去香港，两天后回来，所以你要尽快安排。"

我说："您有手机吗？我需要打一个电话。"

他从手包里拿出手机，我拨通了张经理的号码。

电话响了几下，张经理接起来，我还没开口，他先说："周老板，您好！"

我忙说："张经理，我是一川。"

他在电话那头说："搞什么搞？你不是看租盘去了吗？怎么拿着周老板的电话？"

我说："什么周老板？这是我借的客人的电话。"

他说："说吧，什么事情？"

我说："我的这个客人想要买中心区的那5层写字楼，想确认一下现在房源还有效吗？"

电话那边沉默了一秒，张经理说："你是说，有客户想要自己拿下那5层？"

我说："是的，他就是这样说的。他还说如果房源有效，等一下就过来交诚意金。"

张经理说："价格呢？"

我说："这个我能把控，您告诉我房源是否有效、诚意金该收多少？"

张经理干咳了一下，"价格你还不告诉我吗？房源还在。诚意金？这7000万多的生意就打20万诚意金吧。我在公司，你们什么时候来？你一个实习生不能自己控制这么大生意，价格你知道怎么谈吗？"

我说："您不是已经给我看了底牌了吗？"

他想起招聘那天他夸夸其谈的情形，恍然大悟，"丫头，你学得倒蛮快。"他有点苦涩地说。

我说："一会儿见，张经理。"

我把手机还给老麦，对他说："麦先生，我刚刚和经理确认了，房源有效，诚意金按照行规在20万。您看我们可以回公司了吗？"

老麦说："我不姓麦，我姓周，周燕生。英文名字叫Michael，熟悉的朋友都叫我老麦。等一下，司机来接我们了。可以告诉我你为什么不拒绝我这个麻烦的租房客吗?"

我看看老麦,"因为我笨吧,还没学会。"

他笑笑,"也是,太聪明是不好。"

那是我第一笔中介交易,行话叫:开单。我扣除税,拿到手里的钱是 65 万。在那个年代,对于一个几乎一无所有的人来说简直是一笔巨款。我也从那天起成为公司的一个传奇,老员工给新入职的人吹牛皮总是抬出我的故事。从那以后,经理每天都会告诫员工,不要小看任何一个客人,特别是那些穿得很普通,脚下穿着拖鞋,或者穿皮鞋不穿袜子的客人……

老麦后来才说起我当时完全可以把价格再抬高一点,而不是抛出我的底牌。他问我:"为什么这么轻率地就相信我,这么容易就露出物业的底价?"

我看着他说:"是哦?看来我还没学会。"

他笑了,我也笑了。

后来,老麦和他庞大的社会关系网里的朋友、熟人在深圳、香港置业,我都是他们的全权代理人。老麦自己的珠宝生意也越来越大,旗下有 4 个品牌,都在国内赫赫有名。

有一次我在国土局的拍卖会上,帮老麦拍到一块华侨城的老厂房和宿舍楼。老麦拿了那块土地和物业是做长远的打算,变更土地使用范围,在那里修酒店,或者等待地价的升值转手。等待变更和资金到位最快也要 3 年,也就是说,三五年内这块土地是不能动的。

我走在华侨城的路上。这里是深圳一处很美的地段,路两边大树成荫，我看到厂房和宿舍维护得相当完好。建筑物是改革初期那种青砖建筑，映衬着满目的树荫和青青石板路，让人怀旧。这里距离深南大道不到500米，距离未来的地铁口只有400米。从这里走出去不远就是世界之窗，未来这里会是3所五星级的豪华酒店。

我想起我曾躺在病床上，问夏河："天会塌下来吗？"夏河说："即使天塌下来，也还会有天花板撑着。"我想在这里做一个青年旅社，为那些像我初来深圳时一样无依无靠的青年人提供一个遮风避雨的"天花板"。

我找到老麦，老麦正在打电话，看到我，他高兴地放下电话，"一川，你太能干了，居然以这么便宜的价格拿下华侨城的这块地。我该怎么感谢你哦！我是没有儿子，不然真想你当我家的媳妇。"他开起了玩笑。

我说："老麦，我有个方案。在你不动这块地的这几年里，我想拿这块地做一家综合性的商业机构：宿舍部分做青年旅社，部分做办公室短期出租。厂房一楼做茶室、简约咖啡厅，二楼做画廊。外面的空地给艺术家和创业者做免费的展示。免费展示可以吸引人气，还能让我们熟悉那些新兴的的艺术家，好以最低的价格拿到他们的作品。茶室要古朴禅意，吸引华侨城的中高端消费者，他们本身也是画廊的潜在客人。青年旅社和小型办公室的租户能成为简约咖啡厅的客人……这几种商业模式可以互为补充，互相维系，有点像生态养殖。你觉得如何？"我一口气说出我的设想。

老麦很沉稳地听着，然后拿出生意人的态度对我说："想法很好，但你得给我一个具体方案。现在我只能承诺，我会等你的方案。"

从第一次提出想法到最后我看着酒店最后一批花草栽种完毕，我付出了我在老麦那里赚到的几乎所有钱，用于改建和装修。为了省钱，我对很多地方的处理都是保持原结构，然后用水泥和石块做最原始的处理，加上玻璃和金属的点缀，让这些建筑物焕发出很强的工业美。

当我看着这青灰色的建筑物就像我的孩子一般站在路旁等待我去拥抱时，我心里出现了从来没有过的充盈感。闭上眼睛，我感到原野里盈满了荧光，像岚风一般，缭绕地在星空下起伏。这是我喜欢的夜晚，像金色宝藏一般璀璨的大都市的夜晚。此刻的我不再一无所有，我有一个属于自己的事业了，我有了自己的"天花板"。我曾问夏河："你觉得我能行吗？"夏河说："你觉得自己能行就一定能行！"是的，夏河，你说的对。我发短信给夏河，"老河，我在深圳搭建了一个天花板，不怕天会塌了。"

------ Yujian ------ Yichuan ------

车窗里吹来阵阵凉风，我仰着头，让它吹动我的一头卷发。风越来越大，仿佛要吹进我的骨头缝里。我猛地打了一个寒战，清醒过来——这风不是深圳的风，是色达的寒风。

我是在色达一个小旅馆的一个双人间里。房间里没有空调，只有一个很破旧的烤火器在吱吱转动，我睡在一张有电热毯的床上，身下传来暖和的感觉。头有些晕，我意识到头上还戴着一顶味道很大的羊毛毡帽。我环顾一下四周，看到旁边的床位上还有一个人，已经和衣坐着睡着了，是热多折。

他的那个麻袋搭子就放在我旁边的凳子上，里面应该是装着天葬的快刀吧。死亡的强烈气味让我觉得胸闷，闭上眼睛就会出现那满天的黑色的秃鹫。

我轻轻地说："热多折师父，我死了吗？我怎么看到那么多秃鹫呀？他们是跟着你来的吗？"

热多折一下子醒过来，站起来看着我，"你醒了？你喝太多酒了，害怕你会窒息晕厥，所以我在这里守着的。"他摸摸口袋，拿出来一卷钱，放到我的床头，"你给的太多了。"

我说："不多，您为夏河做的，为我做的，我无法回报。这是我所有的钱，我觉得还远远不够报答你！"

他看着我说："这是你的所有，所以对于我来说，你的报答太多了。你拿回去吧。我并未期望在你那里得到任何的礼物或者是钱财，总有一天，你自会来馈赠我。"

"你这样想吗？"我问道。

"当然，天道循环，善待每一份相遇，这是我从秃鹫和尸体那里明白的。你这个孤独的人有一天也会回转的，愿你的平安能成为我的酬劳。"他微微点了点头。

他对着我微笑。"他像夏河。"我心里想着这件事，我在这里遇到的人都像夏河，所有的人都心存谢意，都愿意成为我的朋友，都对我微笑，人们都像孩子一样。

我问："我该去哪里？"

热多折在收拾自己的东西准备离去，他用藏语默念了一些经文，对着我说："岩石从山上滚下来，是不会自己回到山上的。你害怕的东西，得去面对，逃避是没用的。你该听内心的声音。如果听不到，可以去清晨的坛城，那里或许会有启示。帽子送给你了，喝了酒不能让风吹到头。"

说完，他拿起他的布袋子，转身走出去了，轻轻关上了门。他说："再会，一川。"

我起身，穿好冲锋衣，用围脖把脸遮挡严实。那围脖上还有尸体的味道，酸腐的味道。我皱了一下眉头。

我走出来，看到住的地方是一个学校的招待所，离坛城不远。天还没有全亮，雾气迷蒙，我望向佛学院，看到红色的僧舍像花瓣一样在山谷间展开。往坛城方向走去，我看见一个人坐在那里冥想。那应该是尼果喇嘛。在此之前，我从未见到一个人能像他那样行走、微笑，如此潇洒，如此尊严，如此坦诚，如此单纯，如此神秘。一个人只有探索了自己内心的最深处，才能获得那种神态吧。

这难道就是启示？

我走过去对着沉思状的尼果喇嘛说："我能和您交谈吗？"

他双目低垂，如此宁静。他说："随您的意愿。"

"请您原谅我的鲁莽。我的亲人和朋友都死去了，我背负了父亲留下的巨大债务，我一无所有，今生都还不了。我是罪人吗？"

"迷路的人，罪在动机。造什么业，结什么果。审判你的不是别人。"他低声说。

"我想知道，遵循您的教义修行就可以得到圆满吗？既然说世界是一系列圆满的、不间断的环，一条因果连缀而成的永恒环，那为什么还需要救赎呢？假如我留在这里，装成一位信徒，我担心这一切只停留在表面上，我每天修习，以为自己的心灵已经得到了救赎，但事实上，是我从来没真实触摸过的自我在偷偷地继续生长，因为我把对佛的教义和崇拜浇筑成了新的自我。不是吗？"

"救赎？没有任何教义能救赎你自己。慈悲心，能引导善。唯有慈悲心是救赎的种子。"他的语气很温和。

"如果有救赎的话，我得去找到自我，才能探究何为救赎。我该去哪里找到自我呢？"

"你该从你来的路上找找你是否遗漏了什么。我的朋友，佛陀自会启迪你，当某一天你心里对众生升起慈悲心，你就能找到自己的路。"他缓缓地走开了，但他的目光和微笑却像印在我的心里一般。

我看着神圣的地域，远处山上的几百顶白色帐篷开始冒起了炊烟，那烟雾在山谷间飘荡。天上不时飞过几只秃鹫。生与死，出世和入世，就像日出日落一般，自然地每日上演。

我看着这一切，觉得该要离开了。宗教此刻无法搭救我，我反复询问我该去哪里，也许这本就没有答案。去哪里又有什么好深究的呢？对于一个没有家的人来说，无论走那条路，都是回家的路。

我回到旅店收好东西。要离开了。

我开着车，漫无目的地往前走，走过很多的垭口和陡坡。在车开到山的一半高度的时候，我看到前方有一处很大的经幡。那在凛冽的寒风里不断飘动的经幡，像精灵一般灵动。

我把车停在路边的一处空地上。我走到经幡旁边，拿出夏河的丝手帕把它系在上面，风吹起来，呼啸的声音像是在祈祷。手帕在风里飘着飘着，像夏河在对我说："再见，一川。"

第五章
格桑花

YUJIAN YICHUAN

我看着高原上美妙的晚霞，天空在脚下一般，整个世界笼罩在粉红色的云里。这时的太阳是一天里最温柔的时候，让人终于可以直视。

太阳那颜色像指尖被刺破，血晕染在丝帕上的那种红色，仿佛岌岌可危，又安然自若地处在白天和黑夜的交会点上。

山的另一边是片草坝，有不少的牦牛在远处吃草，再往前是一条河。目光最远处是连绵的雪山，在这落日的辉映下露出金色的侧面，阴影处是冷漠的深蓝色。我此刻感到无比的轻松，就像刚来到这个世界，对看到、触摸到的一切都那么新奇。我用手摸着草，闭上眼睛感受风，仰起头呼吸太阳的余温。今朝说："我失去了全部，我也拥有了世界。"我安静下来，坐在草地上，看着太阳一点一点地落到远处雪山的后面，直到金光一寸寸地在草坝上消失。

就这样坐着，似乎过了很久，也许只是一瞬间，好像时间已经消失在我的内心里。

我听见远处传来几声狗叫，不一会儿，跑来了四五只藏獒，为首的一只像小牛犊一样健壮，黑色的披毛，肚子上是红褐色的毛。它们跑到离我只有两三米远的地方停了下来，对我发出低嚎。我应该是进入他们的牧区了。我坐着没动，看着远处的落日。

我想就这样吧，你们撕烂我吧。又如何？反正我也不知道我为什么活着。来吧！

那头硕大的头狗向我走来，我闭上了眼睛，想象着他们尖牙撕咬我的肉，刺痛、麻痹。来吧，我就可以去找到我的爸爸、我的夏河，我就不孤独了。

我感觉到它的鼻尖离我的脸不到一厘米的地方，它闻了闻我的头发，用它的鼻子在我的头发上乱戳。那湿漉漉的冰凉的鼻尖像探索到让它很喜欢的味道一般，它俯下身体，发出哼哼的声音，在我旁边躺了下来，把头放到我的手上，示意我抚摸它。我用手轻轻地摸了摸他的下巴，他舒服地翻了个身，要我挠它的肚子。其他的几只狗见状都在四周趴下来。我摸摸它的毛，我看见它眼里在流泪，我对它说："你是夏河吗？你说放风筝能带走哀伤，我已经没有哀伤了。我们不去放风筝，就这样坐着。"我继续看着落日。这一群藏獒围在我身边，有的站在我背后，有的在我旁边，有的在我前面趴着。大家仿佛都在等待最后黑暗笼罩的时刻，庄严而肃穆。

风起来了，黑暗如期到来。獒犬们开始骚动起来，它们开始驱赶牛群回到安全的地方。我站起来，背上我的背包，跟着牛群和獒犬们向着远处走去，希望能找到一个可以借宿的民舍。

突然，狗儿开始不安起来，为首的那只发出"呜呜呜"的嚎叫，好像发现了什么东西一样。

我快步跑过去，看见草地上有一抹不协调的蓝色。我站定了仔细打量，见二三十米开外，江边的一个白色玛尼堆旁边，有一个穿着深蓝色衣服的人，躺在地上，微微在动。我赶紧跑了过去，到了跟前才发现那是一个穿着蓝色冲锋衣的老人，这会儿已经昏过去了。他小腿上处的裤子上有大块的血迹。可能是因为流血过多，加上寒冷及高原反应，老人晕了过去。我摸了一下他的鼻子，气息还稳定，碰了碰他额头，体温也还正常。我看老人伤在小腿上，应该是被石头砸到了，不知道是否有骨折。我不敢贸然地去拖动他的伤处。我找来两块长木条，把我的围巾取下来绑在老人的腿上，做了一个简易的夹板。我打开背包，从里面拿出水，喂老人慢慢地喝了几口。老人缓缓咽下去，过了一会儿，他睁开了眼睛，轻声说："谢谢你。"

我问他："您伤到哪里了？"

他说："腿。不小心滑倒，让石头划伤了。其他没什么大碍。"他的口音带着浓厚的广东腔调。

我说："那我先带您去有人家的地方，如果伤势不严重，今晚就不用去医院了。这里的医院还不知道离多远呢"

那个獒犬头领很聪明地赶来了一头牦牛，这牦牛看起来十分温顺，应该是经常驮重物的。

我把老人扶到牦牛背上，拉好缰索，把老人的背包也放到牛背上，慢慢地朝着牛群的方向走去。

那獒犬不时地回头看看我，低吼两声，另一只个头小点的獒犬一直走在我旁边。天色很快暗下来，我还不太习惯在草地里走这么快，偶尔会踩到土拨鼠的洞穴，走得跟跟跄跄。我只能尽量小心探测脚下的路，慢慢地就落到了队伍的最后。

走了很久，我几乎有点晕眩了，才看到我们走到了河边，河两岸有很多石头，石头被涂成白色，上面写满了经文。前面不远处有个大帐篷，门前亮着火光。獒犬有些兴奋了，都叫起来。我跟着它们往帐篷走去。

帐篷里走出来一个女人，她喊着："狗儿，牛儿回家哦！"我看到那人正是救过我的老阿妈。她在火堆上烧着水，不时地往火堆里添加一些牛粪块。

我喊道："老阿妈，老阿妈……"

老阿妈也认出我来，她说："上天保佑你，我的孩子，你回来了。"

老阿妈拉着我的手，她的手粗糙有力。她掀起了门帘，把我带到了毡房里面。帐篷里面很温暖，老阿妈拿了些肉干出去了，我放下了背包，跟着她一起走到外面。她把肉干和了些青稞面放到獒犬的食盆里，獒犬们都发出哼哼唧唧的开心的叫唤声。她递给了我一些肉干，说："它们把你带回来，你要谢谢它们哦，它们是我们最忠诚的朋友。"

我接过肉干，把它撕成小块，放到獒犬的食盆里。獒犬默默地看着我，用看待家人的眼光温柔地看着我。我问老阿婆："阿婆，它们发现我闯入了牧区，为什么没有咬我呢？难道它们知道我认识您？"

老阿妈说："一切都是业的轮回，狗儿、牛儿都是聪明得很的精灵呢，它们一切都明白，但是它只会把秘密用他的方式告诉明白的人。"

我把老人从牛背上搀扶下来，对老阿妈说："我在路上发现了这个老人，看来伤得不轻，我把他带回来了，您能安排他住下来吗？"

老阿妈蹒跚地把老人搀进房内，让他躺在简易的床铺上。老人又晕睡过去了，老阿妈用牙咬破他的裤脚，用手一撕，把他受伤的那条腿上的裤子扯开了，露出里面的伤口。老阿妈用手摸了摸他的腿，说："还好骨头没伤到，应该就是划破了皮肤，出血过多。"她在吊炉上煮上水，转身出去了。

我看见老人在床上躺着，呼吸均匀，温度也正常，就把他的鞋子脱下来，拿出剪刀，把被撕开的裤子小心地剪开，把被血和泥土染脏的部分剪去。我拿出毛巾，蘸着盐水，给他清理了一下伤口周围的污物。血已经止住了，我用背包里的消毒水给他清理了伤口。

因为清理时的疼痛，老人醒来了。

老人吃力地撑起身体，对我说："感谢您救了我！"

我对他说："老先生，您还是先躺下来吧，您的腿能动吗？骨头应该没事吧？"

他靠在床头，动了动腿，"骨头没问题，是皮外伤，加上有点血糖低，晕过去了。您能从我背包里找出一个褐色瓶子，从里面倒一杯水给我吗？谢谢！"

我看看他说："您确定没有其他不舒服吗？我这就去帮你取来。"

他笑笑，"我也是半个医生，这把老骨头，我自己大致还掂量得清楚。没事！"

我走到门口，地上放着他的背包。我打开背包，看到里面有两个褐色的瓶子，每个容量大概有400~500毫升，就像普通的红酒瓶一样。我拿了其中一个已经开了封的瓶子，那里面还剩下大约半瓶的液体，我倒出来一杯。那液体呈深褐色，有点黏稠的，闻着有股淡淡的甜香。我把杯子递给老人。

老人拿起杯子，一口气喝了下去，剩下的一点，他拿出来涂抹在伤口处。

我说："这是什么药酒吗？"

老人说："不是，这比酒管用多了。"老人没有再说什么，我也没有再问，他和衣躺下去。看来他今天已经很累了。我给他倒了一杯温开水，帮他盖好被子，转悠着走了出去。

外面已经是深夜了，风吹起来，我感到有些凉意。

老阿婆把牛栏的圈门拉起来合好，"为首的那个叫的最大声的胸口有红毛的家伙，是热多折好几年前在山上捡到的。那时候它还没睁眼睛，热多折喂养它，并把它送给了我。它估计是闻到你身上有热多折的气味，才会对你那么亲密吧。也许你是从圣地回来的，所以他们都不敢对你不敬吧，也许吧……答案不是唯一，也不是必须要有的。"

老阿妈开始默默地做着事。我站在这黑色的天穹下，看着天上的星光，像银河都镶嵌在天幕上一样。清晰和肃穆的星空让我看得入了迷，我抬着头，一直看着星空，就像一个本来戴着很脏眼镜的人突然把眼镜擦亮了。

老阿妈在我身后喃喃地念着："人的心就是天穹，爱人的情绪就是你心里的繁星。河水一直叮咚流淌，那是唱着爱人的情歌。"

老阿妈的话就像诗歌一样好听，我回味着她的念叨。我在草地上躺下来，继续望向黑色的天幕。那个领头的獒犬又跑过来趴在我身边，不时用它的头故意地拱我的脸，闻着我头发上他喜欢的味道。

帐篷内传出老人的呼唤声，我站起来，跑进帐篷。獒犬警惕地跟着我，守在帐篷外。

我走进帐篷，看见老人已经坐了起来。经过短暂的休息，他看起来恢复了精神，脸色红润，声音有力，"姑娘，谢谢你救了我，我该拿什么谢谢你啊。"

我看他这么快就变得神采奕奕，有点好奇地问："可以问问您为什么恢复得这么快吗？"我补充道，"您现在看起来好多了。"

他笑笑说："自我介绍一下，我姓杨，从深圳来。我应该说是一个中药学爱好者。"他顿了顿，继续说，"年轻时候的我是一个赌徒，一心想用金融手段成就不可思议的伟业，天天谋划。后来在事业上遇到惨重的变故，我才发现那种生活就像西西弗斯日日推石头上山，夜晚它又滚落了，没有开始也没有终结。"他咳嗽了几声，接着说，"对于中药学，我是半路出家的，因为人到中年的变故……也是在这里，我在色达偶然寻获的中药方子，救了我的命，也救了我的生活。就这样，我幸运地找到了我毕生的挚爱——中药学。"

"我今年70岁了，毕生所爱都融到这液体里面了。"

我好奇地拿起那个瓶子，打开盖子闻了闻，有点蜂蜜的味道。

"姑娘，你不是当地人？"

"我和你一样也是外乡人，来这里办事，偶然发现了你。没什么好谢的，谁见到了都会救你的。"我晃动着手上的瓶子，试图看看它有什么魔法。

这是什么呢？

老人说："你能告诉我，你来这里是为了找什么吗？"

我说："你怎么会这么想？也许我什么都不找，就是来随便玩玩的呢？"

老人说："不要对70岁的人说谎，他们什么都看得懂。"

我笑了笑。

"我要找很多钱，来救命。"我半开玩笑半认真地对他说。

我看着他，又问："那您又是到这里找什么呢？"

老人微笑着说："我说过了，我毕生的爱好就是中药，它才是最不可思议的！我的心愿就是寻找一种在海拔4000米的环境下生活的一种菌种，据说它拥有强大的抗氧化功能，我要把它放到蜂王的蛹里面，让它在蜂蛹里成长为一种最有效的抗氧化的菌种！"

他越来越激动。他的脸色红润，皮肤细腻，肌肉健硕，看起来怎么也不像快80岁的老人，也就像60多岁的样子。

我说："您一定已经找到了吧？我看您就蛮年轻的。你一定是吃了这种菌子吧？"

他没听出我在打趣，一本正经地说："我找了20多年了，每年都来青海、西藏、川西，到处寻找当地人，打听这种菌子的下落。但是很难找到，它只在4000米海拔的区域生长，高于4000米，就不是它了，药理就变化了。我找到很多它的变种，但都没有找到药效最强的那一个品种。那个品种在40年前，被日本人发现了，当地有一些藏民知道在那里可以采到它。都说菌王已经在30多年前的一次山洪中灭种了，但我不死心，我想一定还会有存活下来的。"

等等！山洪，菌子，菌王？我觉得这些片段隐约在我脑海里拼出一幅画面：夏河坐在我对面，给我看她爸爸给她的手帕。我想起她跟我说过的那个康巴汉子的故事。

我淡淡地问："您说的菌王，是金刚菌吗？"

这句话一出口，老人惊讶地看着我，半天没说话。

我说："它的药效像金刚的法力一样千古不坏，所以被叫作金刚菌。"

老人一下子站了起来，拉着我的手，激动地问："你是怎么了解它的名字和故事的？它出现的时候你还没出世呢！"

我说："也许，我们注定要在这里相见吧，你几十年的心结，要等我给你一个提示。"我笑了笑。真是神奇的命运，是你吗？夏河？你会告诉他吗？

　　老人有些不知所措地在包里摸索着什么，嘴里说："金刚经一样的名字，和它一样的名字。"他拿出一个本子，一本厚厚的翻得有些发黄的本子。他的手有些颤抖，"我习惯把关于它的信息都记录下来，我得记下来。"本子翻开，一朵被压扁的风干了的花从里面掉落下来。

　　我看了一眼，那是一朵盛开的格桑花。一朵被夹在书里做成标本的格桑花。老人把花儿捡起来，小心地放入本子里，他说："这是不久前一个藏族小女孩送给我的，她说它叫格桑花，会带来好运。很美，是吗？"他笑着问我。

　　看见这干枯的花朵，我的眼泪一下涌了出来。我摸摸心口，心跳得有点快，我仿佛看到了夏河的眼睛，她希望我告诉这位老人，告诉他，夏河的父亲留下来的那个烙印一般的口讯。我觉得很坦然，那个康巴汉子留下来的口讯应该告诉这位老人，因为我相信夏河说的那句梦里的话，其实很多时候，我们又何尝能分清楚什么是真实，什么是梦？

　　我让老人坐下，我告诉他："您记好了，这是那位在山洪中去世的采菌人留下来的口讯：'在乡城的大山里，最高的松树下面，有白蚁的地方就有金刚。'"

　　老人惊讶地看着我，半晌没有回过神，突然，他疯一般地开始往本子上写，记下我说的话。

　　他抬头问："你怎么知道？"

　　我说："信者得救，我也许是被安排在这里回答你问题的人。那女孩不是说了格桑花会带来好运吗？祝愿你能找到你想要找的，我也能找到我想要找的。"

我补充了一句："永远不要在70岁的人面前撒谎，但也永远不要低估30岁的人的阅历。"

我和他都笑了。

老人看看我，"姑娘，也许我就是被安排在这里给你很多钱的那个人。年轻的时候，有人叫我魔法师。你没见过年轻的魔法师吧？我也没有。魔法师都是老人，不是吗？哈哈哈。"

老人笑了，他笑起来的时候让我觉得那么熟悉，仿佛我们已经认识了很久。他严肃起来，对我说："我把我的'生机原液'全部的生产过程和各种食用方式及功效的笔记都给你，它能给你带来源源不断的钱，给你需要的'很多钱'。它已经帮助了我太多太多，现在我决定把它给你！你一定要收下，感谢你救我，更感谢你给了我这个快入土的老人一个最圆满的答案。"

我望着老人，"冒昧地问一句，您还相信命运可以自己掌握吗？就像投硬币，总是有一半的可能是吗？"

他笑了笑，说："我最后一次投硬币，是好多年前在这里去面见活佛的路上，我投出去了，最后还是没有勇气承认我自己的选择，失败的一塌糊涂。"

我问："你选了什么？"

他笑着说："我选择了不可思议。"

我笑了，在这屋里的炉火光中，暖暖的光线让陌生人之间变得如此熟悉，我们像老友一样聊着。

我听着老人讲起"生机原液"的由来，制作工艺等，直到我昏昏欲睡。奔波了一天，困意终于向我袭来。

那一夜我睡得很沉。第二天，我在毡房里醒过来，看见对面床上的老人已经不见了，床上的被子整齐地码放着。我的枕头旁放着他留下来的信封，里面有一个U盘。U盘下面有一张纸上写着："谢谢！这是送给你和众多需要生机的人的礼物，你有能力和责任把它继续做出来，让更多人受益。不要怀疑，要达到'不可思议'的境界，就是你不要去思考，不要去议论，遵循内心的召唤去做人做事！"

我笑笑，回想起另外一个人对我说过的话，恍如前世。那人说："我们注定相见，因果轮回，不要一次还清。你走吧，太阳快下山了。记住：心诚则灵……"

夜晚，我坐在帐篷内。

已经好几天失去手机信号的我，已经完全不知道世界是什么状况了。在如今这个世界，没有手机，也就被边缘化了。我想也许有人已经在通缉我了吧？会有人去搜我的房子了吧？会有人在臭骂我吧……我试着打开我的手机，却发现手机已经没有电，打不开了。我翻着背包里的东西：墨镜、钱包、药、口香糖、护照、kindle、今朝的手机……我拿出今朝的手机，想打开试试，如果有电有信号，我就把自己的手机卡换到他的手机上，好收一下我手机号上的短信和微信留言。

我摁开了手机的电源开关。手机设置了进入的四位密码，我拿着手机想了想，输入他的生日，显示错误。输入我的生日，也显示错误。这还真的好难猜。我心里默念：密码密码密码……我猛然想起今朝拍我的手，7下。是的，是7下。今朝喜欢7，他说那是一把锄头，让他感到离土地最近，让他不断地努力耕耘。

我记得他笑着对我说："七上八下，所以数字'7'是个好兆头。太圆满就是开始下滑的暗示。"他眯着眼睛笑着说话的样子，烟圈在他嘴里和声音一起被吐出来。那一幕清晰地浮现在我眼前。

一定是7！

我试着输入0007，错误。7000，错误。0700，错误。0070，错误。那会是什么？

我努力回想起那天他拍我手时的情景，我闭起眼睛，努力把那一幕记起来。他的手有点冰凉，触摸着我的手背，轻轻地敲击。先是两下，间隔了一会儿，又敲击了连续五下。二加五就等于七。

我输入2500。

手机打开了。

进入主界面，看到手机还有两格电量，我想把手机的卡取出来，我得找一根针戳一下它弹出手机卡的开关。这个时候去哪里找针呢？我开始在包里乱翻，希望能在医药包找到针。

这时，今朝的手机响了：叮咚。

我没管它，继续找我的针。手机发出连续的"叮咚、叮咚"声，一共响了5次。我拿起手机一看，都是由同一个号码发出来的，一共有3个相同的邮件，分别是半个月前、两周前、5天前发的。邮件标题是，保单编号：86047777。

邮件的内容都是一样的:

亲爱的客户:

多谢阁下使用本公司之保险服务。

阁下的保险单即将到期,其名下托管之基金业绩斐然,敬请近日予以赎回或办理延期。有关更改详情请见细则。

如有垂询,欢迎于阁下之顾问或与本公司客户服务主任联络(电话:00852-××××××××),有关问题将获悉心解答。

保护服务部谨致

美国×保险亚洲有限公司

香港总公司:××××××××××××××××××

澳门分公司:××××××××××××××××××

××××××××××

顾问:Leung Yuet

编号:322

电话:2111-2199

Policy number(保单号码):86047777

Policy owner(保单持有人): Jin Zhao 今朝

Insured(受保人): Yi Chuan 一川

The details of switching of investment choice are as follow(保单详情如下):

富兰克林邓普顿投资基金 US\$ 32,263,002.82

03/17/2015

我默默地数了一下金额的位数，总额在3400万美金，按照目前的兑换价格，大概是2.2亿人民币。这份保单的受益人是我。我一下子愣住了，不太敢相信这是真的。我猛地站起来，跑出帐篷。我跑到河边，用手捧起冰冷的河水往脸上浇，冷得凛冽的雪水，让我的脸感到深深的痛。

这是真的，没有做梦。

今朝，你为什么不早把这笔钱取出来？为什么到了这个尽头，才会出现这样的转机？

我对着黑暗大声地笑。得救了，一切都可以得救了。我赶紧从口袋里找到笔和本子，把保单号码和联系人的电话写在本子上。希望明天快快来到，我想亲耳听到这是真的。我拿着自己的手，使劲地咬了一口，疼。

世界仿佛一下对我友好起来了。钱，真是一个很好的东西。虽然我真的不清楚它是什么。我想到它的时候总是直接就想到它能购买到的东西，想到它能购买足够的安全感。我的血液在沸腾。我想着这笔钱，如果换成纸币放到我面前，会有多高？我这辈子还没有见过这么多钱。

此刻，我仿佛从一无所有的人变成了可以购买人生的人。我是自己的王！

我在河边，一个人傻傻地一会儿哭，一会儿笑，一会儿大喊大叫。

《三十而立》结尾的时候，医生对主人公说："站起来走走，你没有骨折。"我此刻就像那个主人公。对，我还能站起来走走，我没有骨折。我就像一个站在死人堆里活下来的幸存者。

不远处传来几声狗叫，老阿妈干完活计，往帐篷走来。我向她跑过去，热烈地抱住她，她有点不知所措地站在那里，用她粗大的手摩挲着我的头发。

"我有钱了！我能还债了！我能回到自己的家了！"我哭了，自己都说不清自己的心情。我把我的克制放到一边，大声地哭泣着，把我30多年来所有的难过都哭出来。在这个时候，眼泪和哭泣让我觉得快乐。

"每一条路都满载成就和失望，每一条河都满载眼泪，唱欢乐的歌。孩子，罪与罚就像是三餐。唯有耐心的爱，唯有充满爱的耐心，能让人快乐。"老阿妈没有顾及我的哭泣，她低声说，"明天还要赶路吧？你得休息了，河水都安静了。谁说不是呢？"

她转身自顾自地走开了，她安抚了有些喧闹的狗们，然后进了帐篷。

一夜，我听着河水的声音，睡得不算安稳。

早上，我拿出电话，拨通了那个顾问的号码："您好，这里是美国××保险亚洲有限公司，有什么可以帮你到您？"

"您好，麻烦您转下1，我找Leung Yuet，我有一个保单到期了。"

"好的，请您提供保单号码。"

"86047777。"

"好的，电话会被转接到您的顾问，为了保护您的权益，您的通话可能会被录音。"

"好的。"

电话传出嘟嘟的等待声。

"您好，我是您的顾问，今朝先生。"对方是一位口音有些台湾腔调的男人。

"不好意思，我的父亲今朝已经去世了，我是保单的受益人一川。我才收到你们发给我父亲的通知函件，我想赎回该基金，请问一下后续事宜该怎么处理？"我说得比较慢，想让对方听得清楚明白。

"您好，一川小姐。我看到今朝先生这份保单在10月初就到期了，现在已经快一月了。您说的后续事宜，由于您不是投保人本人，也无法提供相应的投保人的亲笔签名的提取文件，那只能麻烦您近期亲临公司，办理受益事项。请您带好您父亲今朝的死亡证明文件及您的个人资料。"对方公式化的回复听起来很礼貌地。

我说："能告诉我账户的总资金吗？"我还是有些不太相信，希望听见别人亲口告诉我。

他说："对不起，关于账户的基本情况是不能在未核实的电话里透露的，请你查看您提供的收取账户信息的邮箱，里面会有详细的文件的。或者您亲临公司，我们核实了您的受益人身份后会详细地告知您。可以吗？"

我说："嗯，那办理需要多长时间？"

他说："资料没问题，即时即可办理完成，赎回的资金会在次日按照受益人的要求打入其有效的任何一家银行的账号。到账时间取决于对方银行的相关规定。"

"好，我明天飞香港，后日来贵公司办理。"我再电话里说。

"好的，一川小姐，后日早10点，我会在办公室等您的到来！"他礼貌地说。

我挂断了电话，回到帐篷里收拾了一下自己的东西。身上的现金还有不到500元。还好有人发明了信用卡，还好还有支付宝，还好还好，我还活在现代文明里面。我马上就能拥有这笔遗产，我马上就能回到原来的生活轨道上，太好了。我在心里为自己大喊："这太好了！"

现在开车，应该能在8小时内赶到成都机场，我计划在成都住一晚，明天一早飞香港。

我背上我的双肩背包，走出帐篷。风已经起来了，原野上起伏的花朵，让人觉得温情。我看到老阿妈在牛圈边忙着，獒犬在不远处警觉地蹲着，看着这里的一切。

我走到老阿妈旁边，"阿妈，我要走了，我还有一件很重要的事情要去办。谢谢您对我的帮助，我一定会回来的。"我对老阿妈说。

"孩子，世界就是镜子，你对它笑，它就对你笑；你对它哭，它就对你哭。不用谢我，我也在你的镜子里，你就是我，我就是你。记住米拉日巴大师说的话：终将有一天要抛弃的，此刻放弃更明智。"老阿妈满脸的褶皱，透露出平和的光。

"夏季过了，就是秋季，冬天就要修养草地，春天一切又重新开始。不要在冬天哭泣，不要在春天冬眠。时节的变换就是要敬畏和遵守的法则，所以不用害怕困难和折磨，季节对谁都一样。孩子，佛祖保佑你。"老阿妈喃喃地说着。我对她挥挥手告别。

老阿妈对我挥手，"再见，一川！"

第六章
赤鱲角机场

YUJIAN YICHUAN

　　我转身往前走，獒犬赶上来，走在我的前面，像在为我带路。我拿出手机把这里的位置坐标定了一下，心里默默地说："老阿妈，我还会回来的。"

　　我默默地跟着獒犬，我知道它会带我去我想去的地方，它也是夏河。

　　我找到我的车，对站在路边看着我的獒犬说："夏河，你回去吧，我还会回来的！"我挥挥手，它蹲下来，在路边默默地望着我。我发动了车，缓缓地向前开去，它对着天空高昂地叫了几声，像在对我说："再见，一川。"

　　后视镜里那熟悉的风景越来越远了，我转过前方的垭口，开始向着低海拔进发。我要回到我所熟悉的人群中间去，回到我所赖以为生的社会里面去。我摸着方向盘，打开所有的窗子，我大喊："今朝！夏河！我走了！"

一路颠簸，到了成都的双流机场，已经是下午6点40分。我停好车，拿着我的行李从车上下来。

活动了一下已经酸胀的腿，穿上我的短风衣，拍拍身上的尘土，拿出手机，看到满格的稳定的信号，第一次觉得商业文明是这样的美好。我站在机场停车场中间，看着灰灰的天空。文明真的存在吗？雾霾、地震、战争、死亡、疾病……成就文明的路让世界满目疮痍。这是就是所谓的文明吗？我不得而知。

我在手机上一查，20点35分有一班飞往香港的飞机，只有头等舱还有最后一个位子。我赶紧用手机定下这张最后的机票。

看了一眼日期：2016年11月28日？在记忆里，我是在2015年7月出发去色达的。我有些晕眩，这些时间去了哪里？我怎么突然出现在2016年了？

我拿着登机牌，努力地回忆着，却什么都想不起来。我拍拍头，觉得头脑很清醒，但依然什么也想不起来。在大脑中，这段时间是空白的。

连贯的记忆只是思想的产物，思想创造的时间是钟表之外的时间，所以会有时间快慢的不同，快乐的时候时间总是很短。我想我也许在那里待了很久很久。

我拿着登机牌，站在安检的人群里。现在已经是11月底，天气已经很凉了。我穿着旧风衣，用亚麻的大围巾把脖子裹得严严实实的。我觉得有些害怕，我对空白了的时间觉得有些害怕。对真实性的不确定左右着我的情绪：我的时间去哪里了？

安检的柜台里，地勤人员露出困惑的眼神看着我，我把我的头发往后抛开，打开我的大围巾，露出笑容。他望着我说："你比照片黑了好多。"然后他把章盖在我的登机牌上。我拿上登机牌，对他说："谢谢，我刚从高原回来。"

是的，我从空气稀薄、欲望稀薄的高原回来了，回到这空气满满，动荡和焦虑满满的人类聚居地。我背上背包，围上围巾，拉高风衣的衣领，依然觉得寒冷。也许我把所有的炽热都留在高原上了，我该去来时的路上去寻找自己，然后才能获得平静。

我安静地在登机口的长凳上坐着，安静地等待。看着旁边来来往往的人，他们都是有目的地的人，回家的，工作的，旅行的。每个人都有一盏灯，一盏为他或她而留的灯。真好。

我显得与他们格格不入。我背着松松垮垮的背囊，卷发随意披散着，前额上有老阿妈给我编的几条细细的辫子，脸颊上有一块高原红，皮肤是成熟的麦粒那样的颜色。许久，按照日期计算，也许是已经一年没有换过的衣服，带着一股酥油和羊膻味。

播音器里面开始播放登机的广播，头等舱优先登机。我发现自己相当享受这样的待遇，钱真是一个好东西，它会变换成各种物质，变着法儿地让你忘记自己，沦陷在欲望里。我到位子上坐下来，空姐拿来毯子和小枕头，对我温柔地微笑着。

我坐下来，蓦然看见一个熟悉的男人在斜前方位置，我打了一个寒战。他在打电话，我看到了他的侧面，那是我在无数夜晚，在黑暗里渴望的挺直的鼻梁。他的浓密的眉毛紧蹙着。此刻，他拿着电话的手露出整洁的白色衬衣，外面是一件毛呢的灰色短大衣。一顶帽子在他脚下的公文包上放着。那是一顶黑色呢子的礼帽，有一个黑色缎带的帽圈。那是一个魔法师才会有的帽子。

"时间尽头的魔法师。"我心里轻轻念出他的名字，这个一直在我心里的名字。我静静地看着他的侧脸。

好久不见了，曾经清秀的他已经有些中年男人的味道，他仍然带着不可自拔的体面和拒人于千里以外的礼貌。我从侧面肆无忌惮地看着他。他已经有些白发了，手上没有戒指，手指纤细修长，指甲很短，修整得服帖干净。他身上那好闻的清香味道，依然让我想到雨后初晴的青草地，纯净又混合着神秘的气息。在我的记忆里，那是暖暖的嘴里吐出的热气，在我耳边喃喃地说："记得今夜，忘记我。"

我的泪水不争气地涌出来，在眼眶里转着。是你吗？佛陀会给我启示，你就是我遗留的，需要在来时路上寻找？我怎能忘记你？你哪里会被我遗留？

他一直在听着电话，用手习惯性地摸着自己的鼻尖，电话里的声音很大，像是在不断吵闹，他不得不把手机拿到离耳朵稍远的地方，眼里满是无可奈何与痛苦。他对着电话辩解一样地说："好了，我来想办法，好吧？给我点时间，飞机马上要起飞了，好吗？"

空姐走过来，弯下腰对他说："先生，飞机现在在做安全检查，马上就要起飞了，请您关闭您的手机。"

他没有搭理空姐的提示，一直保持着那个姿势听着电话。空姐再次走过来，提醒他关闭手机，站在他的旁边一副不听话就不离开的架势。旁边的乘客也在抱怨了。

他焦虑地挂上了电话，转过身来，对周围的几个乘客点头说："抱歉了，一个不得不接的电话，实在不好意思。"他的目光对着大家扫了一圈。我下意识地有些激动，我们又见面了。虽然这次见面是我无数次揣摩过，在夜晚独自失眠的时候无数次想象过与你再见的情景，我连自己该如何面对你都设想过那么多种可能，但命运的安排总是有些出乎意料，就像无尽的黑夜里包含的无限的可能性。

我用近乎热烈的目光迎向他，他略带歉意的目光扫了我一眼，这一眼里没有一丝一毫的起伏。

我像被冷风吹过的草地一样，乱蓬蓬的心满是寒意。是的，你说过："忘记你。"你也该是忘记我了吧。

老阿妈，如果世界真是镜子，我使劲对那人笑，镜子里，那人脸上为什么是视而不见的冷漠？

空姐走到我旁边，轻声问："小姐，您需要喝点什么吗？"

"给我一杯红酒。"

这空乘人员的言语让我想起夏河在若干年前带来的那瓶头等舱红酒和那只烤鸭，"再给我一个杯子，装满冰块。"我对空姐说。

我举起杯子，吃一口冰块，喝一口红酒，冷和暖，酸和单纯的冰冷刺激让我觉得很适合此刻。看看手表，8点28分。好巧好巧，我看见你也在看表。你还记得那个属于你和我的充满魔法的8点28分吗？

　　我眯着眼睛，看着飞机窗外黑色的夜。飞机上升时候的颠簸让我觉得晕眩，我眯起眼睛，我记得我们第一次见面也是在一个黑夜里。

------ Y u j i a n ------ Y i c h u a n ------

　　那也是一个深夜，我在深圳的家里，在这个闹市的中央，一个人在这中心区的房子里看着窗外。窗外的闷热让人心烦意乱。我穿着亚麻的吊带过膝裙，赤脚在家里走着，打开冰箱拿出自己用蜂蜜腌制的柠檬，把柠檬汁液舀到大玻璃杯里，把新鲜的越南小青柠檬对半切开，放入到杯子里加入纯净水和冰块。这种水第一次喝到是在云南，当地人叫它"苦尽甘来"。我一直喜欢这纯粹的味道。

　　这房子是我拿到我的第一笔佣金后，在深圳中心区买的，我想有一个自己的家，一个不会被人赶出去的家。在我到深圳的第三个月，我神奇地拥有了一套自己的房子。这真是一个钱在天上飘的地方，如果你够高，你就能抓得到。

　　一个人的家，悄无声息。我放下玻璃杯，打开电脑。当时有一款网络游戏，那是在 2003 年的时候吧，我唯一一次玩的网络游戏。

　　我每天都会玩一会儿这个网络游戏。我在游戏里的角色是个男人，这款游戏的玩法就是在里面给人送信什么的，赚一些小钱，攒钱买装备，然后去找人打仗，杀死对方就有钱赚。我的乐

趣不在于升级，就每天在游戏里转悠，像虚拟的人生一般，可以
在另外一个世界里做一个完全不同的自己，这才是我喜欢这款网
络游戏的原因。我每天像散步一样在里面到处走走，只要不被杀
死，我就到处游览，看看其他人在干什么。

那天，我照例来到游戏里散步，在一个村子里瞎逛。我看到
村口站了一个男孩，他穿着简陋的衣服，站在村口一动不动。

我走过去，对他说："你好，你是新来的吗?"

他半天没回答，也没动。

我问："你站在这里干什么?"

他打出一个字："嗯。"

第一次和游戏里的人说话。我打字："你不会玩? 我也才来
这游戏。我带你去报道，然后会给你工作。"

我打字："跟着我。"

他一个字也没说，我移动了，他也移动。我觉得能在虚拟游
戏里找到真实的人，感觉蛮奇妙的。他就跟着我，我走到哪里，
他就跟在旁边。我们开始给人送信，每次赚一两银子，然后我带
他去捡道具店门口人家扔下来不要的东西，再折价卖回去给道具
店。来来回回，我们也有些银子了。

我问："我们去买点什么好?"

他打出字："你打算呢?"

我说："买烟花，好吗?"

他："嗯?"

我说："去湖边那里放烟花，放完就去睡觉。"

他没说话，我移动了一下，看他也移动了，我就引着他来到湖边。一个男人和一个男孩，站在这里，滑稽地看着烟花燃放。

我说："明天你还来吗？"

他说："婆婆妈妈的。"

我看了看他的名字：时间尽头。

我打字："时间尽头有什么？"

他说："你猜。"

我笑了，"我想应该是海吧。覆盖地球70%以上面积的都是海洋。"

他说："错，覆盖地球70%的是蠢货。"

他说："我认为，时间的尽头就是爱。能让我们永生和自由的——唯有爱。"

我看见他打出来的最后一个字，"爱"，心里突然安静了。我没有接话，就这么呆呆地望着屏幕。

我说："什么是爱？"

他："你用三维的状态去想象一个四维的空间，当然无法了解爱是什么。中国字是什么？它是世界上独有的三维空间的文字，它除了上下左右的结构，还有前后和纵深，它的每一个字包含的是一个整体的画面和情绪，你得进入它，才能懂它。爱，在这个字里，我看到了占有、控制、压抑。"

我问："中国字是三维的？"

他说："英文可以说是一维的，像一种电子解码编程，就像我对数字的理解。我爱数字，我爱英文，因为它们的维度低。我们是四维空间的生物，对了，刚才写的三维是没有算上时间这一维度的。高纬度往下看会比较容易理解。"

我说："你做数字工作?"

他说："是的,赌博。扔硬币赌一个不可思议的结果。如果有的话。"

我说："一半一半? 风险很大。"

他说："风险? 超乎寻常的风险就或许是安全。当然这是对于偏执狂而言。"

我问："你能猜出我抛出的硬币是哪一面朝上?"

我从包里摸出一个硬币往天上抛出,然后握在手里。

他等了一会儿,打出来:"字"。

我低下头,把手心打开,确实是字朝上。

他在屏幕上打出字:"记得手心向上。"

那是我和他的第一次相遇。

第二天,我在同一时间又登录进游戏。他还是站在那里。

我说："你看了吗?"

等了半天,他打字:"什么?"

我说："昨天我给你留言了,字朝上!"

他说："略施小技。"

他说："傻瓜!"

我打字："那个,你怎么猜到的? 下一次是什么?"

他说："魔法哪能天天出现? 贪婪会让你失去魔法。"

我反复读他说的这句话,贪婪会让你失去魔法。我喜欢他说话的味道。

他打字："换点其他的猜猜。本魔法师再给你一次机会。"

我笑了，看来，你也不是那么冷漠吧："好，我明天的飞机，6点18分起飞到上海，你猜几点降落？你输了就请我放烟花。"

他迟疑了一下，打出："输？又如何？8点28分。"

他像是拿着魔法棒的人，轻轻一点就可以按照自己心里所想，把一切变化成他希望的样子。他不经意的回答，对数字的天生敏感度让他在此施展了魔法。第二天，当我的飞机起飞的时候，我不断地看手表。飞机在巨大的轰鸣声中降落，我无不失望地看到时间是8点28分。一分不差的精确，让我甚至觉得他能看到或监测到一切。

几天后，我再次在老地方遇见他。

我打字："飞机按照你说的降落时间着地。你是谁？"

他问："你又是谁？"

我打字："为什么这么问？"

这时候弹出一个对话框："世界尽头送给你900万两银子，收下或拒绝。"我数了半天，是900万。真的。

我问："怎么这么多钱？我可以要吗？"

他说："快拿去，废话多，免得我反悔！"

我问："你是谁？"

他说："你玩游戏都不去看看对方的等级吗？笨蛋。"

我看了游戏排行榜才知道，原来他在这个游戏里是赫赫有名的有钱人。只是我以前不知道而已。

我说："为什么给我钱？"

他说："因为你是我见过的最傻的人。覆盖70%地球那群人里面最傻的那一个。"

我说："我不想要钱，我不杀人也不买装备。"

他说："放烟花，按照你的规矩，每晚放。"

我打字："我怎么回报你？"

他打字："你要做傻子，就要学会不可思议。"

我问："什么意思呢？"

他说："不要去思考、不要去议论，随心而活！"

我打字："你是谁？"

他说："嗯，从今天起我是：时间尽头的魔法师。"

从那天起，我和他在一起放烟花，我们在游戏里说着现实里的问题，就像两个上帝指挥着各自创造的人类进行一种带有伪装和设计的故事。

我的耳边环绕着熟悉的男人的声音：

> "离开书店嘅时候，
>
> 我留低咗把遮，
>
> 希望拎咗佢返屋企嘅个系你啦……"

一直喜欢黄耀明演绎的这首粤语版《这么远那么近》，里面有张国荣的独白。张浑厚却又清澈的独白在这首歌里一次次叩击我的心。我的车里的这首歌陪伴了我12年了，车换了，歌还一直陪着我。

我每次都回想起他耳语般说过的话："一川，我们此刻离幸福那么近，但又那么远。"听他说到这里，我就会说："是的，我感受到了。"

每次离开书店的时候，我会望望门口是否有拿掉了的伞。会是你的吗？我心里在问。

这样的小小把戏，是我和自己的秘密，是我和时间尽头魔法师的小小秘密。

"2000年0点0分，电视直播纽约时代广场的庆祝人潮，我有没有见过你？"

我们第一次见面约在4月1日那一天，因他说："这是一个属于笨蛋的节日，我也想过过。"

我问："怎么知道你是谁？我们怎么才能知道对方？"

他回答："笨蛋总有笨蛋的办法。"

我们约在川流不息的地铁出口处见面。我用最笨的方式去找他，我对每一个看起来像我想象的他的男人问："你猜我现在快起飞了，几点能到上海？"在几乎所有的人都把我当成疯子的时候，我继续着这种傻傻的方式去找他。

人群川流不息，在我的身边经过。我抬起头，有种莫名的感应一般，往一个方向看去。

我看见了他，一个干净而整洁的男子，大概30岁的样子，头发很黑很软，浓浓的眉毛，挺拔的鼻子，不厚也不薄的唇，带着嘲弄的微笑。他穿着一件淡蓝色衬衣，看起来那么清爽利落。他站到我的面前。

他回答说："笨蛋的方法总是让人想落泪。你的飞机是 8 点 28 分降落的，笨蛋！"

他拉过我的手，他的手软软的，带着温热。

他说："你的样子和我想的一样，不过我印象里面你还有两个高原红，呵呵，玩笑。不过，我好像曾经见过你一样。"

我就像被催眠了一样，一句话不说地跟着他。

他带我上了他的车，路边停着的一辆劳斯莱斯的幻影，我第一次坐这样的车。他说："笨蛋，你不是叫我魔法师吗？我来带你看看魔法。出发！"

一直往我不知道的高速路上开着，他开始自己说起来："我今晚和你见面，其实是想谢谢你，因为我是一个赌徒，一个做投机生意的业界所谓的独行侠。"

他顿了顿，说："深圳是一个充满奇迹的地方，若干年前我一无所有地来到深圳，住免费的青年公寓，吃最便宜的东西，一步一步走到现在，我不觉得苦，因为我来这里就是要成为：不可思议！我们相识的那段时间，我赌了一笔大买卖，我几乎要崩盘的时候，我给自己起名时间的尽头，那就是天涯海角走投无路，你明白吗？"

他苦笑一下："你是个什么鬼？你突然出现，你叫我魔法师，你叫我天天猜硬币的正反，偏偏我都对了！我想或许真是魔法师，很幸运！我撑住了。几次补仓几乎崩盘。我前几天清盘了，我赚了这辈子都没想过的钱，全部都是被我逼仓死掉的空方的钱。"

他转过来，看了我一眼说："谢谢你的笨蛋问题，陪我撑过那段时间，没经过的人不知道炼狱是什么，我活下来，就是一个魔法，不是吗？"

我一直没出声，眼里全是流光的感觉。

他侧头看了看我："你不是叫我魔法师吗？我带你看看我的魔法。"

他继续说："奇怪怎么会有你这样的人，什么都不懂的笨蛋。"

然后我们都没有说话，我不知道该说什么。

他的车里放着音乐：

"如果你识我嘅话，我今年也会收到乜野圣诞礼物呀？

呢间餐厅呢只水杯，你会唔会用过？"

车里一直放着音乐，反复的就是这一首粤语版的《这么远那么近》。

他说："请不要介意，这是我唯一喜欢的歌，也许我很滥情的原因就是因为我太专一了。"

车一直往黑暗里奔驰着，车灯很霸气地探索着前方的路。

我看着他清秀的侧脸，第一次开口问："你说，我真的就只适合过这个节吗？"

他说："今天开始，我决定陪你过这个笨蛋节，每年，不管我们身在何处，可以吗？"

看着收费站的标志，我看到车开到了惠州，他看看时间，8 点整。他打开了收音机，说："听听新闻吧，反复听同一首歌不是大多数人能接受的。"

收音机里传来一个让我们震惊的消息，张国荣去世了，跳楼死亡，警方正在调查。

他和我半晌没说话。

他把车停在西湖边惠州大学的后门，说："走吧，今天注定是一个纪念日。"

我们翻过后门老旧的铁栏杆，到了四洲塔脚下，这里是西湖的中心。西湖公园好像已经关门了，黑黑的，没有人。他拉着我的手。他的手温暖柔软，我默默地任他握着手。路上有莫名的清香，是花的味道，脚下是朴素的石板路。我和他在黑夜里往前走着，上了一大排台阶，我们走到了一座古老的塔下。

晚风轻轻吹着，天空开始下起细细的小雨，我握着他的手，感到暖意从他的手心缓缓地传递到我的身体里。

我们在塔下站定，面对着整个西湖。四周安静得有些不可思议，我好像听到风和湖水吹动的声音。

他看看表说："笨蛋，来闭上眼睛，开始倒数，听到我说魔法开始，你就睁开眼睛。"

我闭上眼睛，开始和他一起数："10，9，8，7，6，5，4，3，2，1。"

他用力地握握我的手，轻声说："魔法开始！"

我睁开眼睛，他把手机屏幕拿给我看，上面的时间是8点28分。他说："记住这个时间，这一刻，注定是一个纪念日，我们离魔法这么远，那么近。"

突然，天空中出现了一个信号弹，金黄色的强光直飞入黑夜！然后我看见了最美的一幕，西湖的上空绽放开无数烟花，整个天空都亮了！无数的烟花在天上闪现，倒影映在湖里，周围像白昼一般璀璨。那些烟花落下来的时候映照着湖水，就像被溅起的光环，在分不清的黑暗里一圈圈地荡漾开了。

一时间，我真的分不出天还是湖面，我是在地面还是在天空。他拉着我的手走到湖边，从湖边的一块石头上拉起一条绳子，从湖里拉出来一个篮子，里面有一瓶酒。

他把酒瓶拿出来，做了一个魔法师的动作，从衣服里拿出两个酒杯。他摸摸酒瓶说："温度刚刚好，这是1961年的唐·培里侬查尔斯戴安娜香槟（Dom Perignon Charles & Diana），香槟中的绝品，就该在这样的纪念日里喝吧。它也是有故事的。1981年，唐·培里侬当选为戴安娜王妃婚礼香槟官方供应商。戴安娜王妃生于1961年，而此款香槟的年份也为1961年。黛安娜没有了，张国荣也没有了，真是该为他们喝一杯。"

他和我在台阶上坐下来，我们喝着香槟，看着这漫天的烟花，四周飘着毛毛细雨。他说："这情景，像我们第一次见面的时候吗？那次你拉我去放烟花。这是我见过真实的最美的一次烟花，你呢？"

我看着烟花，"我觉得这是一个梦吧？"

他说："你那次叫我猜飞机降落时间，你降落了发短信给我说：我是一个魔法师，分秒不差！你知道我当时在干什么吗？我站在我家阳台的栏杆上，我看着脚下的车流，幻想着我落下去的感觉，那种风凉飕飕的感觉。我想你或许真的是对的，你才是魔法师！今晚的张国荣在那个时候或许没有碰到有魔法的人，他跳下去了，而我活下来了，因为有你。谢谢，一川。"他有些哽咽地对我说。

这是他第一次叫我的名字。

我有些迷醉地听着他喊我的名字，我在烟花漫天的火光中看着他微微上扬的嘴角，就像一个没有边际的魔法，我轻轻仰起头亲吻他的唇。

唇齿是那么的温柔，很熟悉的味道，一如我曾经无数次见过的人一般。他用手捧着我的脸，我们深深地吻着。他在断断续续地问："一川，你是谁？"我不想说话，也不想去思考，我抚摸着他厚厚的肩膀，用手揉着他的头发，闻着他身上类似于父亲一样清爽的体味，那种让我无法自拔的味道，让我晕眩。我们像一对久别重逢的情人一样沉浸在香槟味道的亲吻里。他的嘴唇很柔软。他用力地吮吸着我的唇，那淡淡的烟草的味道和着香槟味道在我的心里点燃着柔情，

浓烈得像要燃烧掉彼此。

突然天空黑暗了，绚丽的烟花全部落幕。

他抱着我在我耳边喃喃地说："所有快乐都是未成型的痛苦，魔法和爱情都是如此，就譬如烟花，很美，但当天空黑暗下来，我们就要各自回家。"

我问他："世界上真有魔法吗？真的能通过学习获得魔法？"

他说："魔法无法学习，也不会失传，因为它是与生俱来

的，它就在你身上。随着年纪渐长，理性会逐渐离你而去，因为理性是驱使你远离秘密的驱动力，理性在年轻的时候比年老的时候要强烈很多，所以你很少看到年轻的魔法师。早一点放弃理性，早一点找到释放魔法的秘密。一川，你本身就是魔法，能让我暂时忘了理性，拥抱命运。"

我看着烟火，问："你放弃理性了，还要追寻什么？"

他有些惊愕地说："我想成为不可思议的魔法师，让人关注、侧目、仰慕——完全不可思议的我，或者说神！"

他看着我说："我是什么？'我'字是两个'戈'字相背，是相对应的两个面，可善可恶，可耻可敬。'我'字去掉一撇，就是一个找字，穷其一生为了寻找到那一撇，成为我。我要成为我，我的那一'撇'，就是成就不可思议。"他语速很快。这些话，仿佛在他心里压抑很久了，此刻才爆发出来。

他顿了顿，淡淡地说："一川，记得今晚，忘记我。"

我们紧紧拥抱着，直到天黑下来；紧紧拥抱着，直到我们的身体和心都平静下来。我说："我们好像认识和拥抱了一个世纪。"

他说："谁说不是呢？每个肉体里都住着一个古老的灵魂，我们的轮回不过是不断用不同的角色去体验和学习爱。"

他和我默默地拉着手，走到西湖外，他把我送到一辆车上，车里有一个司机。

他不易察觉地微笑了一下，说："再见了，笨蛋。车上有一个信封，是我给你的礼物，记得12点前打开看，不然魔法就会消失了!"

我上车了,告别了这个魔法般的男人。我看到座椅上有白色的信封,看看时间,11点20分。我打开信封,里面写着600031……

这是我和他魔法般的相见,那年在惠州的人或许还记得那一场美丽的不知名的烟花,和那个巨星陨落的日子。

"我由布鲁塞尔坐火车去阿姆斯特丹,
望着喺窗外面飞过几十嘅小镇,
几千里土地,几千万个人。
我怀疑,我哋人生里面,
唯一可以相遇嘅机会,已经错过咗。"

张国荣的声音从那一天开始,在我心里开启了无限的单曲循环模式。我安慰自己说,很多的魔法和幸福只要你心存善良和爱,就会离你那么近。排除占有和获取,离别就离你那么远!

他嘴唇的味道,他拥抱的力度,那美丽的烟花,那神秘的夜晚。我觉得那一夜的恋爱够我一辈子的回味。我只要静静地把他想一遍,就觉得心里满满的。

第二天,我翻出来那封信,在股票软件上输入600031,出现了"三一重工"这个股票。看来,这是一个股票的代码。我心里一颤,想起游戏里他给我黄金的情景。我相信他,我也想知道他会给我什么样的魔法。

我清理了一下全部的钱,转入股票账户,全部买入三一重工。我像一个着了魔的人。我看到买单成交了，爬到阳台的扶手上坐着，看着20楼外面的风景，看着脚下的花园和人来人往。我感到风吹着头发，想象着他那晚坐在绝望上的感觉。不过我此刻没有绝望，心里是深深的迷恋。

在这个欲望的都市，魔法让我这个灰姑娘，变成了公主。

很快，这支股票涨了5倍，让我这个第一次买股票的人心跳加速。的确，欲望和金钱的迅速增长，让人感到刺激。

我享受着财富带来的宁静，我们把这种感受称为，安全感。

------ Y u j i a n ------ Y i c h u a n ------

飞机巨大的冲撞力，把我震了一下，起落架和跑道接触的瞬间，减速带来的压迫感让我觉得有点头晕。我看了看他，他真实地和我处于同一个空间里，呼吸着一样的空气。我突然觉得很幸福，哪怕不曾触摸到他的温度，远远地感受到他的真实，对于我来说就是一种幸福。

在飞机还在跑道上前进时，他拿出手机打开，我看见他有些颤抖的手在手机上查看着信息。"叮叮"，电话突然响起来，他像受到惊吓一般，手一滑，手机滑落在地上，他慌忙地捡起。

通往机场出口的路上，我随着人群慢慢往外走，跟在他身后。他一只手拿着西装外套，一手拿着电话在接听。我就这样幸福地跟在他身后，即使他都没有注意到我。他要去行李处提取他的行李，而我没有要拿的行李，除了随身的一个背包。我看着他消失在人群里，熙熙攘攘的人群淹没了他的气息和踪迹，就像他从来没有出现过。

我拉拉自己的围巾，寒意阵阵袭来。魔法师消失了，像烟花一样，只留给我一夜记忆。

我甩甩头发，径直走向地铁的入口。我心里默默地想："我在这里需要的就是他，他是我唯一的需要。我得去找到他，和他在一起。等我拿到我该拿到的东西，我需要和他一起分享。是的，他就是我在这个世界上唯一还牵挂的感情。"

我在这个充满"滴滴答答"的催促声的城市里行路匆匆，往那个保险公司赶去。

人来人往的地下通道里，我看见那些没有表情的脸，那些日日在地下穿梭的人。疲惫和压力在他们身体上沉沉地累积，让我想起杨先生说的"生机原液"。的确，这些都市人群需要的不是食物，不是资产，而是一种生机。这种生机可能仅存在于我曾伸手触摸的那片草原，和那闭上眼睛也能感觉到的湛蓝天空，以及带着草木芬芳的清新空气。城市里容易让人窒息，商业社会的太阳是地下通道里的广告牌，上班的人群在慢慢上升的扶手电梯上感受早晨的悸动，混合着红绿灯"哒哒哒"的催促声。我们都像上了发条的机器，混乱却又精准地找到自己在这个巨大的社会机器里存活的位置，麻木地活下去，通过各种媒介去获取认同，通过各种心灵鸡汤去平和我们的焦虑，然后继续赚取物质社会的所谓"安全感。"

而我，就混迹在这样的人群中，也要去找属于我的那一份财富，然后去购买所谓的安全感，消费我的人生。

我来到美国××保险亚洲分公司。公司在港岛一栋伟岸的建筑物里，高耸的楼宇给人固若金汤的感觉。我在10点钟到达，很准时。我走进今朝的保险顾问提前安排的会议室。保险顾问穿着得体的黑色西装，戴着金色外框的眼镜，我看不清他那藏在闪烁镜片后的眼睛。他友好地站起来跟我握手，"您好，一川小姐，我是今朝先生的保险经理，您可以叫我托尼。"

我伸出手，和他握了一下，他的手干燥而冰冷。

会议室的空调开得很足，让我下意识地拉拉我的围巾。窗外是香港的维多利亚港，完美的景致让我忘记了地下通道里的嘈杂，金钱购买到的空间的确能给人值得炫耀的存在感。

我说："托尼先生，我父亲今朝的一份理财托管已经到期，由于今朝已经去世了，我作为受益人来办理相关的事项。"

托尼推了一下他的眼镜框，说："一川小姐，我已经查询了86047777保单的现金价值，保单的受益人核实了，的确是一川，目前您可以办理赎回。只要您提供相关的证明及办理合法的手续，这个我们可以协助您办理，给您最专业的服务。"

他拿出一个录音器，"不好意思，一川小姐，按照法律程序，我们需要做一个录音，请配合。"他说着，打开了录音器。

我把我的资料全部拿给他，说："好的，劳烦您尽快办理，我在这里等您办妥。"

他看了我的身份证明，把我的证件一一扫描存档，而后打开他的文件夹，把它推到我面前。

托尼说："一川小姐，这是截止到今天，扣除了交易费用、托管费用后，您的所得。这个保险有一个人寿赔付部分，因为这属于人寿险，所以您作为受益人是不需要缴纳任何税金的，也是免债务、刑事牢狱诉讼的，所以您可以提取的一共是：美元39346659元。"他的眼睛在镜框后闪烁了一下，"今朝投入的资金增值了数倍，恭喜您……噢，对不起，"他像突然从数字的快感里清醒了过来，"对不起，一川小姐，对您父亲的去世，我深表遗憾，请节哀！"他很平静地用公式化的口吻说。

是呀，这么大的金额，他到底是该恭喜我还是哀悼我父亲？可笑的对白。

我说："托尼先生，我需要赎回，请把这笔钱转到我的汇丰账号里。请您尽快办理，谢谢！"

"好的，请稍等。"他拿着我的资料和我签署的一份份文件走出会议室。

手续很复杂，但我办妥了。当我在最后一份文件上签下我的名字，我突然感到轻松。今朝，你赢了，你还是笑到最后了，以这样的方式。这也是你预料之外的吧？你的钱可以还清你在这世上所有的债务。"数风流人物还看今朝"，的确，还是你赢了。

我走出大楼，楼外不远处就是维多利亚港，我朝那边走去。海风吹拂着我的头发，一缕缕的散乱的头发像爪牙一样狰狞地匍匐着。我靠着围栏，看着海上往来的船。我包里装着在汇丰银行买来的几本空白个人支票簿。

爸爸，你欠的钱你自己还了，你该瞑目了。

我从背囊里拿出一大沓豆腐干一样的祈福经文，迎着海风，挥手撒出去，大喊："今朝，你看见了吗？你的事情，我帮你办了！爸爸，再见了，爸爸！"

彩色的纸片随风飘起来，像一股色彩斑斓的旋风，在风中聚结、分散、糅合、上升、坠落。我感到了解脱和满满的平静，好似从继承而来的沉重罪孽里浮出水面，长长地透了一口气，这种感觉让我全身松弛。

我坐下来算了一下，还清全部债务后，我还剩余9018万人民币。这么多的钱，足够我在这个商业社会里安全存活了。

纸片在风里被吹得散开了，稀稀落落地还有几片飞在风里，其他的都沉落在海上。我看着最后几片纸在风中挣扎，就如我一般。缘分都坠落了，曾与我共舞的人都不知所在，只有我一个人还在这里。

"你该从你来的路上找找你是否遗漏了什么。我的朋友，佛陀自会启迪你，当某一天你心里对众生升起慈悲心，你就会找到自己的路。"尼果喇嘛那慈悲的声音在我心里响起来。

我遗漏的，除了魔法，还有什么？

夏河那喃喃的声音也在我耳畔响起："如果有一天爱降临到我们身上，那对方一定是一位魔法师，一个能带我们脱离现实的魔法师。"

是的夏河，爱是天真的人才会有的东西。我在爱了，爱一个魔法师，能远远地看着他就是一种满足，能感知他和我在同一世界上，我就觉得幸福。夏河，我和他身体上最深的接触就是一吻了，没有其他，但我却深深地感觉他已经种在我的身体里了，我们从未互相占有，却也从来不曾分开。也许那种与生俱来的熟悉感，来自我们各自年轻的肉体里住着的古老灵魂的相识。

夏河，我是在爱。此刻的我，简单执着。对，我要见到他，我想要和他说话，我想被他温热的手抚摸。身体的每一个"洞"都是欲望和能量进入和输出的通道，进入的欲望多一些，输出的能量就减少一些，直到你的全部被进入的欲望占满，通道闭塞。现在我每一个毛孔都在呼喊：我需要他！

我合上背包站起来，把散乱的头发用皮筋扎起来，把围巾紧紧地拉了拉，像做了一个重要的决定一样。我得去找到他，我有这么多钱，我可以和他一起去消费世界上的美好。我脑海中出现了他在飞机上焦虑的样子，我想对他说夏河告诉我的那句话："我们都这么美好，不该在黑夜里哭泣。"

女人的身体就像一种琴，能让高超的弹奏者获得最舒畅的解脱和最深刻的快感。我需要一个能与我匹敌的对手一起来弹奏这把琴，让我们在最原始的分泌物里麻醉身体和大脑，让全部的血液聚集到那隐秘的器官里，然后犹如一记火箭骤然发射到我们的心脏，一起体会这最原始的惊心动魄的冲击。除了身体，我们还有可以彼此攀附仰慕的思想，思想的交互缠绕能带来心智的愉悦，这种愉悦从大脑分散至我们全身，让我们获得自然、安全、平静的感受。这样的身体和思想的交融，应该算是最和谐的爱了吧？我在香港充斥着"滴滴答答"的催促声的街道里，出神地想着。

过了关口，我看了看手机，他的微博还在更新。

时间尽头的魔法师：#每天必修课#，今日慢跑7公里。配图是深圳红树林沿海路的照片。

好的，我会去你跑步的路上等着遇见你。

我很快地来到这条他常来跑步的地方，深圳的沿海步行道。我找一个石凳坐下来，远远地望着跑道和远处海边的落日。余晖在金色的海面上肆意播撒，这里是我生活过的城市，金色的城市。而此刻的我正像一个过客一样，在它最美的海边，寻找我该遇见的人。我在这里等待着，思考着我该怎么和他说话，我该如何去遇见他。

我的脑子晕乎乎的，闪现出一些没关联的、断断续续的句子和情节，都不足以表达我的忐忑。相遇的场景其实在我头脑里想象过无数次了，各种表情、各种对白……我不由得有些头脑发热了，心里默默期待他的出现。

这时，我感到有什么湿湿的凉凉的东西在碰我的脚踝，低头一看，是一只大狗。那是一只德国黑背犬，它匍匐在我脚下，轻轻地用它的鼻子碰我的脚，嘴里发出哼哼声，类似撒娇的声音。我伸手摸摸它的头，它发出满足的叹息。那叹息声很浅，就像我在藏区的獒犬。它开始舔我的手。

它的主人跑过来，用狗链子套住它，满是嫌弃地骂它："不要到处乱跑，不要舔陌生人。"然后那人有些疑惑地看了我一眼，把狗拉走了。

我看了看自己。穿着旧的风衣，衣服边缘有些破损了，带着毛边。脖子上是一条颜色已经看不大出来的灰色围巾，下面穿着牛仔裤，边缘很脏的白球鞋。身上挎着一个军绿色的松垮垮的背包，估计身上带着酸腐味道、獒犬的味道。总之，我觉得自己的装扮的确有些不合时宜。人们习惯了用装扮来表现交往的礼貌，习惯了在第一时间用外表来分辨人的阶层。书上说人是高级动物，其实人就是人，人类准确地按照弱肉强食的标准来分配社会资源，在其中形成各种食物链。这种食物链我们叫作：江湖。

这样的打扮去见我的魔法师，也罢，傻子就该用傻子的办法，这是你说的，不是吗？我就该用这样的装扮见到你，期待你的魔法让我蜕变成你的公主。

8点28分，我看看表。

又到了这个时间，路灯已经亮起来，跑步的人越来越少。我在这里静静地守候着。他应该就要到了，我给自己打气。

远远的，我看见一个熟悉的身影，他慢慢地走着，在背着光的路上向我的方向走来。他没有跑，走得很慢。在离我不到两米的地方，在一个路灯下，他停了下来，靠着临海的扶栏站着，手里拿着电话。

我听见他在说："这个投资股票不可能永远赢的，我也尽力了，但是张总，我的全部身家也都砸进去了。"

"是的，我的杠杆使用比例太高，这个是我的问题，没有及时地分析调整仓位。

"我还不出来，这么多?

"多少?

"八千万?

"张总，我这件事上是永远也翻不了身了，我没有钱拿出来呀! 我连自己的房产、公司和女人都要随时准备清盘了⋯⋯"

他焦虑地在电话里不断和对方争论着，哀求着、妥协着、悲愤着。电话讲了很久，他放下电话，无力地垂下手。他拿出烟，对着海吐出烟雾，一支又一支烟，我看他不断地把熄灭的烟头抛到海里，一个又一个。他站起来，翻过扶栏，走到被拦住的海边上，涉水走到最近的一块高高的岩石上，站在那里。一对情侣看见了，男的对女人说："看吧，疯子!"

"既然最终都会被扔到坟墓里，那想到什么就随心所欲地去做吧，就算像个疯子一样在这个世界流浪又如何?"今朝的话出现在我心里，此刻我看见站在岩石上的魔法师，对着大海做了一个谢幕的姿势，深深地弯下他的腰，手做了一个摘礼帽的动作，优雅得让人窒息。

那夜，我一直跟着他，直到他平安地回到家。在他家门关上以后，我听见里面传来女人的哭泣声和吵架的声音。我站在他家院子外面，看见他站在2楼的阳台上默默地抽烟，房里女人的吵闹继续着。女人在吼："我爸爸是做珠宝的，他也要现金周转，不可能给你那么多钱! 我问过了，他的钱要投在房地产上，你知道地产赚钱多快吗? 他已经不相信我了，他在物色合适的人打理房产资金，你醒醒好吗? 还在想当你的不可思议的魔法师吗?"

吵闹里夹杂着哭泣和瓷器碎裂的声音。

我远远地看着他们比赛痛苦，一个用沉默，一个用吵闹。

今朝，我没钱让你活下来，能挨过那一关，如今，我想他能挨过这一关，希望他能获得让他恢复魔法的能力。他也是你吧，今朝，他像你一样奔波在无止境的路上：追求欲望的路。

我爱你，今朝，一如我爱他——魔法师，我不想看见他成为你。就像你说过的："要真正的不可思议的魔法那就是：不要去思考，不要去议论，按照心里所感去做人做事！"

好的，我也不用去想，去思考和议论，我听我心的声音：我要给你我的所有，我想你成为以前那个神采奕奕的魔法师。

我拿出汇丰银行的支票簿，填上了9000万金额，抬头空白。签上了我的名字：一川。我把支票装到信封里面，在信封上写了四个字："不可思议"。

我不可思议地希望你实现梦想，成为"不可思议"的魔法师！我希望你快乐。如果钱能带来这一切，我又为何不给你呢？你快乐了，我看着便觉得欢喜。能与你在这个时空共同存在，能感知你的安好，便是我觉得最快乐的事情。就像那些在维多利亚港上空飞舞在风里的纸片，那么多聚合分散，能与你在同一片风里飞过，能看着你飞得更高，即便我沉到海底，也感到幸福。

我把信封封好，写上：时间尽头的魔法师亲启，放到他家院子外的信箱里。做完这一切，天已经微微发白。

我站在这个绿草茵茵的私家别墅区里，看着他的家在温和的日出里显现出安静的美。二楼的房间有一盏橘红色的灯光，我平静地注视着。他会购买到平静，或许最终也能体会到这平静，一种一无所有但也无所不有的安全感。

"你该从你来的路上找找你是否遗漏了什么。我的朋友，佛陀自会启迪你，当某一天你心里对众生升起慈悲心，你就能找到自己的路。"我再一次想起智者对我说过的话。

我该回去了。我在路上遗漏的什么？是爱吧？爱才是唯一能让人获得平静的东西。

我获得了爱的能力！我在爱了，爱这清晰的早晨，爱这风让花儿跳舞，爱这湿漉漉的路。一切都那么井然有序，不用担心和牵挂。

是的，没有来时的路，也没有救赎。我希望得到答案的恰恰就是自我，我过去一直想要摆脱或者征服自我，但我仅仅是在欺骗它、逃避它、控制它。爱是最大的慈悲，它让我平静地接受自我，让我没有目标，让我不再漫无目的地苦苦追寻，让我可以安静下来。我感觉到了很沉很沉的睡意，我就这样在树下的长椅上沉沉入睡了。

这一觉睡得香甜无梦，像是没有了知觉。我不知道自己睡了1小时还是若干年，不知道时间是前进了还是后退了。

———— Yujian ————— Yichuan ————

阳光从树叶的缝隙里撒下来，斑驳地落在我脸上。我醒来了，一身轻松地醒转过来。我看到我对面的长椅上坐着一个姑娘，姑娘睡着了，斜靠在长椅上，脚下还躺着一只小小的黑背德国狼狗。小狗很乖巧地趴着，用它的头枕着我的脚。看我醒过来，小狗发出快乐的呜呜声，我伸出手摸摸狗狗的头。

我站起来，把我身上的外套披在姑娘身上。这天气就这么躺着会容易受凉吧。衣服披到她身上的瞬间，她醒过来，欠身站了起来。

女孩说话了："不知道为什么，它好像很喜欢你，走到你边上就再也不肯走了，就躲在你的椅子底下，我只好在这里等它离开，差点睡着了，昨天睡得太晚了。"她自顾自地说，笑得很自然。她的眼睛有点浮肿，嘴唇丰润，牙齿洁白。

女孩接着说："这里的竹子很多，据说有蛇，你不该在这里睡觉。我想等你醒来再走，万一有蛇我还可以叫醒你。"

我看看这女孩。她直发披肩，脸有点方，看起来20多岁的样子，听她说话有点潮汕口音。我说："太感谢你了！"

"我还谢谢你呢，给我盖衣服！你知道吗？我家的小黑可凶，它第一次这么主动地对陌生人亲热。"女孩很友好地说。

我抱起小狗，对女孩说："谢谢你在这里看着我，免得我遇到蛇。"

女孩愉快地笑了，"是我家小黑认定了要赖在你旁边呀，也不知道它为什么这么喜欢你。"

我看看依偎在我脚边的狗儿，笑笑说："也许是因为他喜欢我的白球鞋吧？"

女孩说："难说哦，我也最喜欢这款白球鞋，不过我男友和我爸爸总是说我不成熟。"

我看着她保养得体的脸，笑笑说："知道吗，有人跟我说过，穿这种鞋的女孩都是最靠谱的！"

她笑着说："这样啊，那下次我就这么跟我爸说！穿白球鞋的女孩最靠谱！"

她伸出手来和我握了一下，坦然地说："很高兴认识你，我要回去了，我叫默默！"

她的手很柔软，她的举止很自然地展现出她优渥的家境。默默？老麦在海边说到过这个名字，他那个爱穿白球鞋的女儿？

"天道循环，善待每一份相遇，将来有一天，你自会来馈赠我。"热多折的话在我心中响起来。原来我早就遇到了，剔除了时间顺序的相遇，让果与因清晰明了，我好像看见了天空上飞翔的"喇霞"鸟，它盘旋着，带着种种的灵魂，翱翔于天空，让那些因与果的种子在空气里弥漫。

我站起来对她挥挥手，说："再见，谢谢你——默默！"我轻声说了一句："代我向老麦问好！"

她似乎听见了，疑惑地看看我，迟疑了一下，转身进入了时间尽头的魔法师的花园。她牵着狗打开了信箱，把里面的东西拿出来，她喊道："魔法师，居然有人写给你信？信封上写着魔法师亲启哦！"她兴奋地喊着跑进房间。

我笑笑。我该走了。原来一切都早已安排，我们在不知道的剧情里演着自以为是的角色。天道循环，在命运里，我们追寻着自以为是的目标，眼里只有那目标，于是错过本该倾听的、感受的，在世俗中麻木地活着。

太阳已经在空气里火辣辣地播撒热度，魔法的烟雾和璀璨的烟花都已经结束了。我该走了！

再见了，魔法师，愿你成为最"不可思议"的那一个！

第七章
遇见一川

我穿过机场的人群，在登机牌上我的目的地是成都，登机口
28号，机票时间是2000年10月11日。

我摸摸自己的头。我的记忆在哪里呢？我的时间又在哪里？
记忆是什么？时间是什么？

我在登机牌上写上两个字："时间。"

魔法师说过，汉字是三维的，也许这两个字本身就是答案。
我看着这两个字。

"时：可以用刻度来丈量的日光。间：这个光不是线段，而
是封闭在三维空间里的，是在'门'里面的。"我看着字，写着
这样的解释。但这些对于一个孤独的人来说，已经没有任何意
义，过去还是现在，那又如何？

此刻的我一如离开的时候，身无分文。我把我前半生用"克
制、相信"交换回来的财富与安全感全部还回，把我前半生的爱

给予了命运安排我遇到的人，任何感受如果没有到达极致而自然泯灭，它都会重新出现，这就是悲哀的轮回。我要回到老阿妈那里，在那里，我就像河底最深处的石头，任凭时光的河在我身上流过，每天坦然面对死亡和生命，接受天道循环。

听河水流过的声音，听牛羊的叫声，感受日出日落星辰。

是的，我得去那个地方，不再与自己赛跑，就待在那里等待我遇到——一川。

是的，遇到我自己。是的，是遇到。寻找就会盲目，锁定目标，就会陷入迷局。

自己，这才是我在来时的路上真正遗漏的。我经过了这么多时光和痛苦，只是在古老的故事里毫无新意地被欲望驱赶着，自以为是的爱与被爱，占有的欲望带来的莫名担心和焦虑。都结束了，我完成了所有我该肩负的责任，我该去安安静静地等待自己了。

我回到成都，在停车场看到我的"粤 B"车牌的车在厚厚的灰尘里等着我回来。我拿出钥匙发动了车，用车上的一块毛巾把车窗外的灰尘抹去。音乐响起来，舒缓的小提琴声伴着我在谜一般的城市森林里穿行，开往我手机定位里最向往的那片天地。

车一直往西进发。在寂静的深秋的川藏路上，每一处的转弯都是一种惊喜。我像第一次行驶在这里一样，不时地惊叹。云那么白，飘在湛蓝的天空上，路边是各种颜色的低矮的灌木，红的，绿的，灰的，一簇簇的让人欣喜。路两旁的胡杨有着金色的叶子，我的车越过它们身边，金色的叶子飞落，我的车就在胡杨与阳光笼罩下的道路上开过,飞起的金色叶子就像一个梦一样,衬托着这幻境。我打开车窗,让外面干燥的风肆意地吹进来。带着凉意的空气吹在脸上让我清醒,让我不至于觉得这一个人的旅途是一场梦。

路的左边是一条河,我逆着河水流淌的方向往前方行驶着。导航提醒我目的地就在前方了,我看见了远处熟悉的草坝和河边的毡房。再往前走不远就是一条不知名的隧道了。我把车在草坝上停好。

一下车,我听见远远的狗叫,目光所及之处,有几个小黑点在山坡上快速地移动,不一会儿獒犬们就跑到我面前,为首的正是那条胸口有红毛的獒犬。它热切地扑过来,我拥抱着它,和它一起躺在这草地上,我用手抚摸它的头和脖子。它像看见久别的亲人,眼神温柔。我拍着它的背脊说:"獒犬啊,你还会认出我啊。"

我们身边的河水还在流淌,但河水已经变少了。冬季快来了,流动的水变少,更多的水冻结成冰了。我走到小河边,捧起清冽冰冷的河水洗了洗我的脸。獒犬低下头默默地喝水,安静得让人只能听见河水的歌声。我想起一路上的嘈杂,那些广告、那些街道上的人声、那些汽车的喇叭、那些红绿灯的催促,此刻仿佛能听见河水在述说,告诉我世界的美好,生活的安宁。

我看见公路桥上熟悉的身影,是老阿妈。每天的车不多,她在巡道,检查这一段河流上的路桥和隧道的安全,一共七八公里的路,她每天都会走几遍。

我看她走得那么安稳,神态那么和蔼平静,那样的气度就像我见过的尼果喇嘛,那么圆满。我不由得看得出神了,看着她的步伐，我的思绪就像得到了安抚，变得放松和坦然。

我向她走过去，帮她把背上的东西卸下来，背到我的背上。她微笑地看着我，一只手拉着我的手，另一只手拍着我的手背。她的手温暖厚实。她和我并行着，就像我生长于斯，从来没有离开过一样自然。

我对她说："真好，又看见从前这条河。"

她在思考着什么，然后说："现在已经不再是从前的那条河了，河只是一个对现象的标记，从来没有从前的河，从前是一个概念，现在也是。"

她顿了顿说："但这个标记会带孩子回到家，不是吗？"

我说："是的，老阿妈！这儿是我的家吗？我可以和您在一起生活吗？"

她用手拍拍我的头，"孩子，狗儿牛儿都在等你。"

我突然觉得心里满满的，是一分都不缺的完整。

我跟着老阿妈在这个地方日日巡道，日日伴着这河水走着相同的道路。我学会了放牧，学会了打酥油茶。我天天跟老阿妈说那些过去的事情，说那些我放不下的事情。老阿妈安静地听着，带着沉默的微笑，偶尔用简短的诗句或经文回应。她对我所说的不提问也不议论，只是专注地倾听。

她对我说："孩子，隧道的黑暗和光明都是暂时的，交替或者等待转变的过程我们叫做时间。如果你像河水一样默默流淌，无终无息，那么时间又有何用？爱这条河，留在它身边，向它求教，它会教会你一件事。"

　　我问她："他会教会我什么？"她说："它教会我的，也会教会你。至于是什么？我不是老师，也不是智者，无法言说。祈祷是喋喋不休地跟大千世界对话，禅修是倾听它，你会知道答案的。"她轻轻地说着。

　　我在这条安静的河边看着河水，河水流得很急，我的影子在湍急的河水里只是一团抖动的幻象。我坐下来听河水的声音，我能听见自己急切的心跳，听见我在今朝病房外的哭泣，听见夏河在呼唤我"老川"，听见烟花的爆破声，听见魔法师的耳语。我能听见我心里的声音。

　　我顺着河水继续走，走到隧道口。隧道里的黑暗，让我想起父亲去世时我穿过的那个隧道，一样的昏黄的灯光，像在母体里的混沌。我走进隧道。这个隧道很原始，挖凿的痕迹很清晰，充斥着潮湿的气味。地上安装了反光片，墙上有稀疏的灯。不时有车从我旁边开过去，车灯一闪而过。我默默地走着，感受黑暗的包裹，然后慢慢地过渡到光明。走到隧道出口，就像穿过了一个世纪，我突然看到外面的景致，那与黑暗形成的反差让我觉得忐忑。我走过这隧道，望着远处傲然耸立的雪山主峰。蜿蜒的路像一条玉带一般在这高山之上，绵延的清澈河水在路的一旁。壮阔的风景里，我只是一个微小的黑点。我看着湛蓝明媚的天空，感觉到自己是孤身一人在此，我的亲人，我的一切都不复存在。我的心猛地收紧，我晕倒在路旁。

　　恍惚中，有人在抚摸我的额头。我睁开眼睛，看见老阿妈那温和的脸。我控制不住地开始哭泣，趴在她的脚边。什么都丢了，什么也不爱，我其实是充满了失败、满是孤独的人，连自己是谁都不清楚。

我一遍一遍地哭诉着："老阿妈，我很难受，我是谁，我该做什么？河水的话我听不明白，我只觉得历程艰难。你帮帮我。"

老阿妈没有说话，她拉我起来，"一川，你靠过来，再近一点，靠近我。"

我靠近她，她微微俯下身，用她的嘴唇亲吻了一下我的前额。

这一刻，我闭着眼，一如我小时候在身体里上演魔法的时候，我感到自己的身体已经不受控制，却能清晰地看见我的周围，我看见老阿妈的脸，她的脸变成今朝的、夏河的、魔法师、医生、殷瞎子……上百种我见过的人的模样，他们的脸上掠过痛苦、疑惑、快乐、兴奋等种种表情。我看见这些人彼此以各种节点相关联，看着他们彼此爱慕着，欺骗着，扶持着，毁灭着，重生着。他们都在一条时间的河里，周而复始地消融、聚集、流动、分散、蒸发，循环轮回。

我在这变化的幻象之河里昏昏沉沉，我感到一双强有力的手拉住了我。我看见所有的脸最终变成了一个奇怪的人，那个出现在我小时候痉挛噩梦里的那个人。她拉着我的手，慢慢地回过头。

我看清了她的脸：那是我自己。她的手拉着我，她紧紧地握着我的手，看着我说："我就带你到这里了，记住，你就是一川。"

------ Yujian ------ Yichuan ------

我蓦然睁开眼。

　　眼前的光亮得像炽焰，白色的排列整齐的亮点，就像我小时候无数次在急救室睁开眼睛看到的手术聚光灯。我再一次从那空间挣脱出来，看见老阿妈的脸，她脸上还是那般安详和谦和，她正微笑地注视着我。

　　此刻，我想起我深深爱过的一切，生命中无数珍贵和美好的一切。我无须再与命运的河流搏斗，我也不觉得痛苦和孤独，现在的我安静而满足。爱不再是感受，爱不再是付出，爱不再是占有，爱不再是天真的魔法；它用所有的面孔、状态，在这时间的尽头来告知我：我的心早已充盈着满满的爱。

　　老阿妈说："一川，我一直在等待你，等待这一刻。我老了，冬天来了，我该回到我的起点。时间就像河水，没有流逝，河水周而复始，在任何一处都可以进入，任何时候也可以退出。流逝的不是时间，流逝的是我们自己。不是吗？孩子。"

　　我看见她的脸，那份在佛像前参拜才有的敬畏和安详此刻在她身上泛起白色的微光。她不是僧侣，不是智者，没有讲义，不属于任何宗教，她有的只是一颗满是慈悲的心，像河流一样洗涤我，充盈我，包容我，启迪我。

　　她慢慢地站起来，逆着河流，往更远的地方走去，一步也没有回头。我就站在河边，看着她的身影与这壮阔的大自然渐渐地融为一体。

　　我捡起她放在河边的背篓，继续着她的工作。

　　在这片让人敬畏的世界里，我开始学着做一个日日巡道，沿着河与隧道走过的人。我学会了沉默、倾听，我为这条路上的人守护着安全，我帮助他们顺利通过这一片塌方、泥泞的险路，看着他们通过那微微光亮的隧道，去到新的广袤世界。

日子一点点的过去或者是到来，就像奔流的河水，日日寻常，却又时时不同。我感到一切皆为爱，一切完满。不论是死与生，智慧或愚蠢，高贵与平贱，一切无不和谐，一切无须去理解，只要接受和爱。

------- Yujian ------- Yichuan -------

夏季来了，一段多雨的日子开始了。河水暴涨，前方塌方，有石块砸落，通往隧道的桥路面部分垮塌了，我紧急联系了公路管理部，在沿途设置了禁止行驶的警示，工人们在施工抢修。

我背着筐子，里面有水和食物，我沿途走着，看是否有滞留的司机需要我的帮助。在这个多雨的季节，来高原的人少，一路堵着的车也不算多，司机们大都停好车，在路边站着等待。我告诉他们，前方正在抢修，这些车要明早才能通过。司机们无奈地等待着，我把热水和茶递给他们。

猛然间，我看见一辆车牌为"粤B"的车。那是一辆挂满泥水的越野车。车上走下来一个人，穿着一件卡其色的短风衣，身形挺拔。这个曾在人群尽头看着我微笑的男人，这个身上的气味清爽得像雨后泥土的男人。

"嗨，魔法师，你好。"我在心里说着。他一下车就开始蹲下呕吐，扶着车门，一副脱力的样子。我走过去，递给他一杯热水。他扭头看了我一眼，是那么熟悉的眼神和熟悉的气息。

我问他："你好。看着我，你此刻很不舒服，但没有关系，你和我一起念六字真言，它能清澈你的心智。"

他转过头，用手把头发往后拨弄，专注地看着我，眼神陌生。他没有认出我来。

他迟疑了一下，和我一起念，声音清晰而绵长。他喝了一些热水，似乎感觉好受一些了。他问："您是僧人吗？"

我说："不是，我只是巡道的工人。我也曾经这样吐过，有人这样帮助了我。"

他站起来，靠着车说："哦，谢谢你，你很有办法。我现在好像舒服很多了。我今天一早就开始呕吐，可能是高原反应吧。"

我说："那个曾经帮我的人说，这是心在呕吐，好带着虔诚去面见佛。"我笑了，想起曾经的我也这样难受地吐过。

我接着说："你从广东这么远来到这里？这个季节并不适合旅行。"

他说："我不是来旅行的。你知道吗，从这里再走几十公里有一位很有名的活佛，我要去请他给我的帽子开光。"他指指车里，副驾驶位置上放着一顶黑色礼帽。

我疑惑地说："帽子？"

他眼里满是疲倦和执念，他说："您一定听说过活佛，他能渡人过难关。我也会过这个难关的。我需要智慧，需要一顶开光的帽子！"

我看着他抽烟的侧面，看着他那满是压力的样子，轻轻地说："是的，我想一定会的。"

我对他欠欠身，行了个礼，默默地继续往前走。

他遇到新的难关了？追寻目标的路上，难关是你预期的美好结果的对应，虚幻的预期有多么美好，真实的难关就有多么痛苦。我走到河边，看见河水浑浊了，我伸手摸摸河水，说："河，渡人的船也是让人迷恋，不愿到达彼岸的牢笼。我帮过他，但他仍然那么痛苦和迷惑，我该怎么做呢？"

我把头贴近河水，河水唱着自己的歌，我看到的每一滴水珠都不是先前哪一个。河没有回答，继续着它的路。我站起来回到我的毡房，我分明看到他需要帮助，但我还能给予他财富带来的安全感吗？

我拿出那个广东老人送我的U盘。装U盘的信封已经在我背包里放了很久，里面的信纸上，字迹已经有些模糊："谢谢！这是送给你和众多需要生机的人的礼物，你有能力和责任把它继续做出来，让更多人受益。不要怀疑，要达到'不可思议'的境界：就是你不要去思考，不要去议论，按照心里的所感去做人做事！"

这就是那位老人穷尽一生对"不可思议"所作的注解。你不是要成为不可思议的魔法师吗？这或者就是你开启魔法大门的钥匙。

我把U盘收好，放到我的衣服口袋里。

夜里，我再次去给司机们送去热水。这时道路已经快通了，正在准备单边放行车辆。我走到魔法师的车前面，他在车外面抽烟，我悄悄地把装有U盘和信的信封放到他的副驾驶座上的礼帽里面。然后我走到他身边，对他说："你好，你好些了吗？"

他抬起头，熄灭了烟头，"好很多了，谢谢你！"

我说："前面已经快放行了，祝愿你顺利！"

他苦笑着说："去给自己求一份心的安慰，然后做一个赌徒。希望能顺利过关。谢谢。"

他上了车，摇下车窗，突然伸出头问我："如果我把硬币抛到空中，你选择字还是花？"

我看着他眼中的迷茫，我轻轻地说："我选：不可思议！"

他听见了我说的那四个字，惊讶地看着我。那是他多年前在一次金融危机时收到的巨额匿名支票上写的四个字，也是他后来找名人书写，装裱了放在他偌大的办公室里的四个字，此刻被一个藏区的陌生人说了出来，令他万分诧异。但他的眼神里除了惊讶，没有半分的温度，他依然没有认出我来。

这时候他还想问什么，但前面的车已经开始行驶了，后面催促的喇叭声打断了他的思路。他不自然地对我挥挥手，说："我也选择不可思议！"

车发动了，我看着他的车慢慢地跟着车流，行驶过断桥，慢慢地驶入隧道，像一个仪式般的缓缓安静。

我没有任何期望，也不作任何打算。我能做的只有给予，然后忘却。

风吹起来，雨停了。夜空出现了北极星，很亮很美。

车流徐徐流动，我站在隧道外的路上，看着往来的过客。一辆面包车在离我不远的地方停了下来，几个男人下了车，其中有两个穿着警服，走在前面的那个人看起来很熟悉。

他们在说着什么，打着手电筒在路上寻找着什么。我往他们的方向走去，我听见那人在问："这个逃犯被落石击中的地点就在这里吗？当时还见到了什么？她遗落的东西是不是只有一个背包？"旁边的人在回应着。

他们在说："有个很重要的线索，有一部手机……罪犯的手机一直没被找到，查到有资金被转移到境外了。"

"很奇怪，所有的债权人都收到了相应金额的支票，是境外银行的。"

"不过，可惜了，她就这么死掉了，我也是在做结案最后的收尾工作。就是前天发生的，我们一接到这里公安的通知就马上安排人把尸体运回去尸检了，然后马不停蹄地赶过来勘探现场。"

那人转过来了，手电筒的光映在他脸上。这个人正是易警官。

我从他们身边经过，往隧道的方向走去，他们还在继续他们的工作。易警官在吩咐："多拍一点照片，搜寻一下现场河边的石缝！"

他们在找什么？

我往前走，经过他们停在路边的车。那是一辆长安面包车，车的应急灯在闪。我下意识地看了看，冰冷的车牌上闪着黑色的数字：川V 66228。

我路过他们，继续往前走。前方是那黑暗幽深的隧道，我握着自己的手，继续往里走：

"一川，黑暗带来的，除了死亡，也包含着——重生！"